KB051965

실연의 박물관

일러두기 이 책은 〈실연에 관한 박물관Museum of Broken Relationships〉에 실연을 경험한 사람들이 보낸 물품과 사연을 바탕으로 구성한 에세이집이다. 크로아티아 자그레브에 위치한 '실연에 관한 박물관'은 2006년 크로아티아에서 시작해 파리, 런던, 샌프란시스코, 베를린, 싱가포르, 타이베이, 멕시코시티, 브뤼셀, 바젤 등 세계 35개 도시에서 성공적으로 순회전시를 진행했다. 아라리오뮤지엄은 2016 아시아 단독으로 본 전시를 개최하며 내국인들의 사연과 물품을 기증받았다. 사진 캡션인 물품 정보는 물품명, 관계 지속 기간, 지역 수으로 기재하였다.

실 연 에 관 한 82개 의 이 야 기

헤 어 짐 을 기 증 하 다

실연의 박물관

아 라 리 오 뮤 지 엄 엮 음

arte

실연에 관한
박물관을 열며

———

『실연의 박물관』은 제주에 소재한 아라리오뮤지엄에서 2016년 5월 5일부터 열린 전시 〈실연에 관한 박물관 Museum of Broken Relationships〉의 '작품'들을 모은 책이다. 작품이란 2016년 2월 14일부터 3월 14일까지 '실연'이라는 키워드로 아래 모인, 한국에 살고 있는 보통사람들의 사연과 물품이다. 82개의 기증품과 사연들은 다섯 달 동안 제주에서 열리는 전시를 마친 후, 크로아티아 자그레브에 소재한 '실연에 관한 박물관'에 영구 소장된다. 프롤로그로 쓰인 이 글은 실연에 대해 말하기 위해 역설적이게도 '실연에 관한 박물관'과 새로이 만났던 과정에 대한 기록이다.

설립자와 만나다

자그레브에 소재한 낯선 박물관을 처음 방문했을 때 생각보다 크지 않은 규모에 조금 당황했다. 하지만 뮤지엄의 설립자인 올링카 비스티카Olinka Vištica와 드라젠 그루비시치Dražen Grubišić로부터 직접 뮤지엄을 개관한 계기(두 사람의 드라마틱한 과거와 건강한 현재의 삶), 뮤지엄의 미래에 대한 비전은 나를 매료시키기에 충분했다. 전시를 유치하기 위한 의논의 과정도 막힘이 없었다. 이미 크로아티아에서 진행 중인 전시의 틀을 사용하여 작품을 수집하고, 정리하는 과정은 어려워 보이지 않았다. 한 전시를 위해 까다로운 아티스트들 수십 명과도 일해보았는데 그보다 어려울까 싶었다. 짧은 일정 동안 두 번의 논의를 마치고 자그레브의 거리로 나왔다. 도시는 박물관만큼 작았다. 그 날은 마침 자그레브를 상징하는 듀브로니크 광장 한 켠에 장이 선 날이었다. 날씨는 궂었지만 작고 소박한 매대에는 꽃, 채소, 생선, 치즈 등이 싱싱하게 놓여 있었다. 생필품을 사러 나온 시민들과 흥정을 하고 있는 상인들의 모습은 전날 방문한 박물관의 모습을 떠올리게 했다. 무엇을 살까, 무엇이 필요할까, 얼마일까. 각자의 필요가 대화를 만들고, 대화를 통해 재화를 교환한다. 소통을 통해 우리는 우리가 원하는 것을 얻고 그들이 원하는 것을 지불하고 각자의 길을 간다. 이런 게 인간관계이지 싶었다. 우리가 맺는 수많은 인연이 담긴 사연을 저잣거리에서 잠시 만난 이들과의 흥정과 비교하는 것이 다소 단순한 정리인 듯하지만, 둘은 한 가지 점에서 같다. 잠시 맺은 인연조차 그때엔 반드시

5

필요했다는 것.

단지 이번 전시의 주인공들이 나와 같은 한국 사람들인 것이 조금 걱정스러웠다. 사연과 물품은 모두 자발적인 기증에 기초하는데 과연 얼마나 호응해줄지 의심스러웠다. 대부분 자신의 이야기를 공개적으로 드러내는 것을 좋아하지 않을 것 같았다. 미담의 주인공이고 싶어 하지, 실패한 경험의 고해자이고 싶어 하지 않을 것 같았다. 영원히 간직하려고 남겨두었던 물건에 대한 집착도 강할 것 같았다. 전시의 질도 걱정이었다. 과연 알려지지 않은 사람들의 익명의 사연과 물품이 전시라는 형태를 통해 모두가 함께 공유할 만큼의 가치를 띠게 될지 말이다. 연인 사이의 단순한 사랑과 이별의 이야기가 주를 이루지 않을까 싶기도 했다. 그런 이야기라면 SNS, 케이블방송, 포털사이트, 유튜브를 봐도 널렸고, 다수의 격한 반응을 불러일으킬 만큼 가공도 잘되어 있을 텐데, 우리 전시가 그런 것들과 차별화되어 여러 사람들의 주목을 받을 수 있을지 걱정이 앞섰다.

기증자와 만나다

걱정을 하고 있는 가운데에도 시간은 계속 흘렀다. 하지만 어느 순간 낯선 이들이 나를 그들 각자의 이야기로 이끌었다. 장기출장으로 제주에 머물던 어느 날, 사무실에 한 통의 전화가 걸

려왔다. 여자의 목소리는 떨리고 있었다. 기증하려고 마음을 먹기까지 오래 걸렸는데 사이트에 기증 등록을 하자마자 답신을 받고, 오히려 전시 주최 기관이 믿을 만한 곳인지 의심이 들더라는 것이다. 그녀는 원래 서울 사무실로 전화를 하려고 했는데 그날따라 공교롭게 불통이었다. 사기를 당하는 것은 아닌지 의심에 의심이 더해지면서 제주까지 전화를 하게 된 것이다. 나는 그녀를 안심시키고 그녀의 사연을 들었다. 놀라운 이야기였다. 약 30분간 그녀는 사별한 남편의 자동차를 기증하기까지의 과정을 때로는 담담하게, 때로는 억누를 수 없는 감정을 담아 전해왔다. 그녀가 남편과 사별하기 전에는 어떻게 살았는지, 사별 후 어떻게 삶이 바뀌었는지, 우리의 전시 소식이 그녀와 그녀의 아들과 딸을 얼마나 흥분시켰는지, 전시에 과연 참여해도 되는지, 떨리는 목소리로 한 마디 한 마디 이야기를 이었다. 떨림은 파도처럼 커져서 나에게도 전해져왔다. 아침부터 전화기를 붙잡고 펑펑 울고 있는 나를 본 제주 사무실의 다른 직원들은 영문을 몰랐을 것이다. 나는 그녀가 궁금했다. 울산이라고 했다. 바로 약속을 잡고 울산으로 내려갔다. 오히려 첫 만남은 참 담담했다. 그녀는 마치 오랫동안 알고 지낸 사람 같았다. 우리는 KTX 울산역에서 첫인사를 하고 점심을 먹고 또 한참을 달려 그녀가 운영하는 회사와 집을 방문했고, 마침내 자동차와 만났다. 오랫동안 뒷마당을 점유했던 차는 마치 거대한 바위처럼 보였다. 낡은 차의 표면은 긴 시간 비와 바람을 맞아서 반들반들해진 바위의 표면과 같았고, 내려앉은 바퀴는 땅에 단단히 박힌 돌부리 같았다. 자동차는 같은 장소에 약 7년을 서 있었다고 했다. 자동차 내부는 7년 전 그 시간에서 정지한 것처럼 보였지만, 자동차 창 사이로 보이는 풍경은 나타났다 사라졌다를 반복했다. 만남의 시간은 어디에서 왔다가 어디로 사라지는 것일까. 다시 한 번 사연과 물품 목록을 살폈다. 소소한 물품과 사연들이 대부분이었다. 우리가 누리는 일상은 그렇게 소소하므로. 일상들이 쌓인 더미 위에서 살고 있는 우리들의 순간순간의 미미함이란 이런 모습일까 하는 생각이 들었다. 다만 자잘한 조약돌 같던 미미함이 갑자기 육중한 바위 덩어리로 모습을 바꾸고 나에게 다가온 것은 자동차와의 만남 때문일까. 꽤 오랫동안, 나는 이번 전시를 과연 잘 이끌어서 수많은 사연과 기증품을 제대로 소개할 수 있을지, 무거운 책임감 때문에 잠을 설쳤다.

관람자와 만나다

〈실연에 관한 박물관〉 프로젝트의 장점은 '공감대'의 형성이었다. 세대와 지역을 구분하지 않고 공감대를 형성하는 것이 이 프로젝트의 가장 큰 매력이었다. 전시는 전 세계에서 모인 사연들과 한국에서 기증받은 사연을 합쳐 약 130여 점에 이르렀다. 세계 도처에서 기증받은 물품들은, 신기하게도 다른 듯 같은 모양을 하고 있었다. 프로젝트가 탄생할 때부터 지역의 차이를 전시의 특성으로 이용하였기 때문에, 지역에 초점을 맞추면 맞출수록, 전시를 순회하면 할수록, 점점 세계적으로 지평이 넓어지는 요술 같은 전시였다. 2006년 자그레브에서 첫 전시를 개최할 때만 해도, 설립자들과 그들의 친구에 관한 이야기를 소박한 장소에서 서로 나누는 정도였다. 이후 10년이 흐르는 동안 〈실연에 관한 박물관〉 프로젝트는 같은 상황, 같은 문제로 고민하고 힘들어하는 타지의, 타인들의 모습을 넓게, 더 넓게 포용하게 되었다.

물론 지역에 따른 차이가 없는 것은 아니다. 한국 프로젝트에서는 다른 나라에 비해 부모님과의 사별에 관한 사연이 많았다. 또 '이전의 나의 모습과의 결별'이라는 테마도 많은 호응을 불러일으켰다. 전반적으로 헤어짐에 대하여 '상실', '슬픔', '아쉬움'의 색깔이 강해서 유럽의 '쿨한 안녕'과는 거리가 멀었다. 이것은 우리들의 기본적인 정서의 문제일 뿐만 아니라 수년 사이에 일어난 일련의 국가적인 재난에 반응하는 집단적인 트라우마일지도 모른다. 다행히 다른 나라에서 온 다양한 소장품들을 통해서 높낮이가 다른 다양한 감정의 균형을 맞춘 전시회를 열

수 있었다. 흥미로운 것은 크로아티아의 박물관에서 온 소장품 중에는 지역 색이 넘치는 물품이나 도저히 한국에서는 일어날 수 없는 사연들이 포함되었지만, 전체를 아우르는 색깔은 "남아 있는 이들을 위한 빛바랜 색"이다.

전시는 헤어짐을 나눈 관계에 따라 일곱 가지로 나뉘었다. 연인의 이별, 부부의 이별, 부모님과의 이별, 친구와의 이별, 애완동물과의 이별, 지역과의 이별, 그리고 나 자신과의 이별이다. 이별은 누군가의 죽음, 의견의 불일치, 시기의 어긋남, 감정의 소멸 등으로 인하여 일어난다. 지속할 수 없는 관계에 대한 상실감, 슬픔과 분노, 연민과 그리움 등이 얽히면서 모든 기증품은 관계의 변화사를 담고 있다. 그러면서 그들을 둘러싼 감정에 대한 증거로 남았다. 증거들의 색은 이제 바랬다. 그리고 그 빛바랜 증거품들이 기증자와 관람자 사이에 특별한 공감의 지대를 만든다.

공감이란 무엇일까. 〈실연에 관한 박물관〉의 설립자 중 한 명인 올링카 비스티카는 어느 인터뷰에서 다음과 같이 말했다. "우리 모두 같은 정서적 롤러코스터에 탑승 중인 걸 아는 데에서 오는 편안함이 있어요." 우리는 모두 미래에 사연 기증자가 될 수 있다. 끊어진 관계, 실연에 대한 증거의 소유자로서 말이다. 다만 전시되는 모든 기증품과 사연은 일방의 이야기다. 나의 기억과 감정에 의존한 추억의 물건과 사연이 실제를 재구성한다. 심지어 재구성한 기억과 감정을 기증하여 더 이상 변하지 않도록 못박는다. 하지만 이 한쪽의 사연을 관람하면서 우리는 한 사건에 타자의 반응을 더한다. 우리들은 각자 같은 사연과 같은 물품을 보고 아마도 다른 생각을 할 것이다. 또한 관람자들은 사연의 화자가 되기도 하고 사연 속의 등장인물이 되기도 한다. 이 역할놀이를 통해서 자기만의 사건을 재구성하게 될지도 모른다. 이 프로젝트의 기획자로서 나는 공감이라는 이름으로 동감을 강요하지 않으려 했다. '공감'이란 같은 감정을 가지는 것이 아니라, 서로 이해하는 지점이라고 말하고 싶었다. 서로의 실패와 상실, 결별을 제시하고 공유하는 플랫폼.

여기서 〈실연에 관한 박물관〉 전시에 있어서 기증과 스토리텔링이라는 독특한 방식에 대해서 언급하지 않을 수 없다. 모든 전시품과 사연은 기증에 의해서 이루어진다. 기증된 물품과 사연은 익명으로 전시된 후 모두 크로아티아에 있는 박물관에 영구 소장된다. 물품과 사연에 대한 소유권이 익명의 개인에서 이름을 가진 기관으로 바뀌는 과정이다. 무엇이 익명의 개인을 자발적인 기증자가 되도록 움직였을까. 많은 기증자들이 자신의 물품과 사연이 낯선 나라 크로아티아의 어느 박물관에 영구 소장된다는 사실에 강력한 매력을 느꼈다. 더 이상 곁에 간직하고

11

싶지는 않더라도 기억이 완전히 사라지지는 않도록, 어느 곳에 보금자리를 마련하는 여정에 기꺼이 동참하고 싶었던 것이다. 그들은 전시를 통해서 모두와 자기의 이야기를 공유하고 싶다는 의지와 이제는 떠나 보내고 싶지만, 어딘가에 자신의 물품과 사연이 잘 보존되기를 바라는 희망을 표현했다고 생각한다. 머릿속의 기억을 이야기로 만드는 것은 자신만의 역사를 만드는 스토리텔링으로 강력해진다. 기증자의 쓰는 행위와 관람자의 읽는 행위를 통해서 전시의 전체 스토리텔링은 완성되었다.

끝으로 크로아티아에 있는 〈실연에 관한 박물관〉의 설립자들에게 깊은 감사의 마음을 전하고 싶다. 그들이 보여준 창조적인 비전과 혜안은 나에게 또 다른 분야에 대한 도전을 시도하게 했고, 새로운 융합을 꿈꾸게 만들었다. 전시를 준비하는 동안 그들은 한국에서 열리는 첫 번째 전시의 성공적인 개최를 위해 아낌없는 도움과 조언을 주었다. 82명의 기증자들에게 진심을 다해 감사의 마음을 전하고 싶다. "날씨 좋은 가정의 달, 5월에 왜 젊은 남녀들이 혼자서 제주에 올까?"라는 단순한 의문에서, "실패와 상실, 결별을 나누는 플랫폼"을 형성하기까지 기증자들의 이야기 하나하나가 이 프로젝트를 실현해내는 가장 큰 원동력이 되었다. 그들에게 귀를 기울이는 시간이, 여느 전시 기획과는 다른 독특한 경험을 나에게, 그리고 전시를 함께한 관람자들에게 가져다주었다. 마찬가지로 그 '헤어짐의 기록들'을 오래 담아둘 이 책이 이제, 많은 독자들에게 자기만의 이야기를 쓰는 시간을 남겨주기를 바란다.

2016년 5월

류정화(아라리오뮤지엄 부디렉터)

이별은 아프지만,

　　사랑의 흔적이 담긴 추억까지 아프지 않도록

얼마나 많은 시간이 흘러야,

얼마나 많은 사랑을 만나야

　　내 지난 사랑이 아무렇지 않을 수 있을까요.

CONTENTS

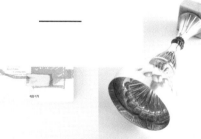

실연의 박물관

———

반지
3년 7개월, 서울

I

우리의 반지

———

제 나이 스물하나부터 스물넷까지 함께한 사람이었어요. 처음으로 모든 일을 함께한 사람이라 더 많이 기억에 남습니다. 그 사람은 ROTC 후보생이었고, 만나던 중에 장교로 군대에 가게 되었고요. 아주 먼 거리는 아니었지만, 대학생일 때 만나 데이트하고 연애하던 일상이 꽤 많이 변했어요. 그가 군인이 된 이후, 저도 석사과정을 시작했고 서로 조금 더 바빠졌습니다. 제 생활도 무척 바쁘고 지쳤지만 나보다 더 힘들어하는 그 사람에게 아주 많은 마음을 내어주었어요. 그의 일상에 맞추어 문자하고, 전화하고, 그를 만나러 두 시간 남짓한 거리를 매 주말마다 행복하게 다녔어요.

해가 바뀌고 함께한 날이 점점 늘어나면 날수록 좋아하는 마음도 커졌어요. 사실 이렇게 많이 좋아한 사람은 그 사람이 처음이었거든요. 그 사람도 저를 많이 좋아했고, 우리는 행복한 연인이었기 때문에, 많이 싸우기도 했지만 그래도 당연히 나와 결혼할 사람으로 생각했었던 것 같아요. 안 맞는 부분은 맞춰가며, 잘 어울리는 커플로 '오래오래 행복하게 살았답니다'라는 이야기를 기대했는지도 모르겠습니다.

반지를 맞추던 날에도 그는 군대의 비상 상황으로 나오지 못했고, 혼자 매장에 들러 반지 안에 새길 문구를 주문했습니다. 함께하지 못해 미안하다며 핸드폰으로 핫초코 한 잔을 선물해주더군요. 아직도 기억이 나네요. 석사 논문을 준비하며, 그 치열하고 힘겨운 일상을 살아내면서도 주말마다 그를 보러 가는 일은 절대 포기하지 않았어요. 밤을 새워서라도 아픈 몸을 이끌고 가서라도 얼굴을 보고 손등을 쓸어보며 안도하던 나날들. 나보다 그 사람을 더 많이 생각하던 시간들이었습니다.

시간이 흘러 흘러 그가 전역하기 3주 전쯤, 휴가를 나왔는데도 나를 만나러 오지 않는 그 사람과 다투게 되었어요. 일주일간 핸드폰을 쓸 수 없다며 생각할 시간을 갖자던 그 사람. 그 다음 주 주말, 다시 저는 두 시간에 걸쳐 그 사람을 만나러 갔고, 저에게 돌아온 건 이별통보였습니다. 화해하고 맛있는 저녁을 먹어야겠다고 생각하며 떠난 길이었는데, 다시 되짚어 돌아오는 두 시간의 길이 정말 막막했어요. 이별의 징조도 전혀 없이, 그저 우리는 안 맞는 것 같다며 그동안 고마웠다며, 너를 아직도 많이 좋아하지만 서로를 위해 그만하자던 그 사람.

그동안 모았던 추억이며 사진이며, 서로 나누었던 말들과 약속들을 모두 지워버리려고 애썼는데 이 반지 하나는 참 정리할 수가 없었어요. 나의 가장 예쁜 시절을 함께한 사람, 수많은 약속을 한 사람과 나눈 반지. 이제는 애틋한 마음도, 미련도 없지만 그저 쓰레기통에 버릴 수는 없었던 이 반지가 제 머릿속이 아닌 다른 공간에서 다른 기억으로 바뀌었으면 좋겠습니다.

어깨를 위로 쭉 잡아당겼으면서

"위"

학생 많이 탄성을 지른다. 또 몇 명이

마침내 선생님은 미소를 짓는다.

선생님은 그 여학생을 보면서 말한다.

"봤지요. 이 학생은 눈을 감았어요. 그

눈에 보이는 것을 믿을 수 없을 때

고 다른 사람들이 여러분을 맡겨 판단

음을 느껴야 합니다. 여러분이 여름에

분이 뒤로 넘어지고 있을 때에도

—— 책

2008년 1월~2011년 11월, 서울

2°

모리와 함께한 화요일

———

'실연', 사전에서 뜻을 살펴보면 '연애에 실패하다'라고 나옵
니다. 스무 살의 첫사랑, 설렘. 첫사랑이 누구냐고 물어본다면
분명 이 아이를 이야기할 것입니다. 처음 그 아이를 봤을 때, 피
아노 위에 책을 정리하고 있는 모습이었습니다. 그렇게 1년간
마음속에 담아두었다, 대학에 온 뒤 우리는 연인이 되었습니다.
왜 그렇게 그 아이가 좋았을까요? 아직까지 군대에 가기 전에
기차역 앞에서 그 아이가 건네주던 한 권의 책이 소중한 저의
보물로 남아 있습니다. 군대에 가기 전날까지 읽었다는 책. 한
줄 한 줄 읽으며, 저를 생각하며 자신의 생각을 기록한,『모리와
함께한 화요일』
비록 헤어짐의 끝은, 다른 사람과의 다른 인연으로 저에게 가
슴 아픈 상처를 줬지만, 어찌 보면 나약했던 저의 마음속에 단단

함을 안겨주었던 그 아이. 그 시절 그때에는 몰랐던 것들에 대해 지금에서야 하나둘 더 소중함을 느낍니다.

가끔씩 꺼내어 읽어봅니다. 그리고 또 떠올립니다. 그때의 너와 그때의 너의 생각과, 그때의 나를 향한 너의 마음. 그리고 그때의 전, 누구보다 큰 사랑을 받고 있었음을.

그렇게 소중한 책 한 권이, 지금까지도 그 사람에 대한 저의 작은 박물관입니다.

가끔씩 꺼내어 읽어봅니다.

그리고 또 떠올립니다.

그렇게 소중한 책 한 권이, 지금까지도

그 사람에 대한 저의 작은 박물관입니다.

반찬통
794일, 서울

3°

고맙습니다, 반찬통

———

사랑하던 사람의 어머님이 생일날 주셨던 반찬통입니다. 왕복 여섯 시간 거리의 장거리 연애 중이었던 우리는 만나면서 서로의 생일을 제때 챙겨주는 것이 쉽지 않았습니다. 9월 17일은 고향을 떠나 타지에서 외롭게 공부하던 때 나 홀로 맞이한 스물여섯 번째 생일이었습니다. 그런데 그 날 아침 아홉시 누군가 집 대문을 두드렸습니다. 누가 집에 올 일이 없었던 나는 궁금함에 문을 열었고, 대문 앞에는 놀랍게도 나의 연인이 서 있었습니다. 그리고 양손에는 많은 짐이 들려 있었습니다. 방긋 웃고 있는 그녀를 보며 놀라움과 미안함에 서둘러 집에 들어오게 하였고 자초지종을 들었습니다.

취업 준비생이었던 그녀가 취업 준비로 바쁜 시기였지만 나의 생일을 챙겨주고 싶었고, 자신의 어머님에게 이와 같은 사실을 말하자, 타지에서 외롭게 공부하는 나에게 미역국이라도 먹이라며 밤 열시부터 새벽까지 끓여 온 미역국, 그리고 혼자 지내느라 잘 먹지 못했을 김치를 반찬통에 챙겨주셨습니다. 그것을 들고 새벽 다섯시부터 준비해 내가 있는 곳까지 달려온 그녀에게 너무 고마웠고, 그녀의 어머니에게 또한 인간적인 감사함을 느꼈습니다. 태어나서 받아본 그 어떤 생일 선물보다 값지고 잊지 못할 선물이었고, 타지에서 외로움과 삭막함에 메말라가던 나에게 진심 어린 사랑이라는 감정을 다시 일깨우게 했습니다. 평소 아침밥도 제대로 못 먹은 채 수업을 가던 나였지만, 그날만큼은 그녀가 차려준 아침 생일상을 먹으며 행복했던 기억이 지금도 생생합니다.

아침밥을 먹고 새벽부터 준비하느라 잠도 제대로 못 자서 나의 집에서 잠든 그녀를 뒤로 한 채 저는 수업에 갔습니다. 수업이 끝나고 돌아왔을 때 다시 집으로 돌아가야 하는 그녀를 마주했고 기차역까지 배웅하고, 기차 안에서 환하게 인사하는 그녀를 다시 떠나보내며 고마움과 미안함에 그 자리에 서서 하염없이 울었습니다. 그렇게 우리는 석 달을 더 만나다, 그녀가 먼저 취업하게 됐고, 우리는 여러 가지 이유로 결국 헤어지게 됐습니다.

헤어지고 석 달쯤 된 지금, 그녀를 잊기 위해 외적으로, 내적으로 많은 것들을 바꿔나가고 있습니다. 살던 집도 팔고, 이사도 했습니다. 이사하면서 그동안 받았던 편지와 사진, 선물, 그녀와 관련된 많은 물건들을 정리했습니다. 그러나 마지막까지 이 반찬통은 도저히 버릴 수 없더군요. 사랑했던 기억은 희미해져

가도 그녀와 그녀의 어머니에게 진심으로 느꼈던 감사했던 마음은 지워지지 않나 봅니다.

제 20대 중반의 연애는 너무나 따뜻하고 사랑이 넘치는 사람들을 만나 행복했습니다. 이제 아름다운 기억 한편으로 영원히 아로새겨졌으면 좋겠습니다.

선 휘 ♥ 혜경

언제나 변함없이 너의 곁에.

2015.08.10. 만난지 900일

― 램프

1000일, 서울

4°

천일의 램프

———

서로가 함께한 지, 천일을 기념하며 그가 준 램프. 우리의 이름
과 함께 램프에 쓰인 '언제나 너의 곁에 변함없이'라는 글귀가
무색할 만큼, 세 번째 가을날 우리는 남이 되었습니다. 늘 나의
침대 머리맡에 있던 램프를 이제는 더 이상 켜지도 못하고 차마
쓰레기통으로 버릴 수 없는 차에, 새로운 보금자리로 보낼 수
있는 좋은 기회가 생겨 사연을 보냅니다. 이별은 아프지만, 사
랑의 흔적이 담긴 추억까지 아프지 않도록 이 램프가 그곳에서
환하게 켜지길 바랍니다.

코란도 자동차
15년, 울산

5°

아빠 차를 부탁해

———

아들의 편지

아빠랑 코란도를 타고 산으로 오프로드 가서 고기 구워 먹은 생각은 아직도 선명해요. 교회 마치면 엄마는 봉사하고 늦게 오니까 아빠가 미역국을 끓여주셨어요. 그때는 꿀맛이었어요. 내가 배고프다고 하니까 내 밥 미리 퍼놔서 식혀놓으시고 빨리 먹을 수 있도록 해주셨지요. 아빠랑 같이 게임할 때는 정말 신났어요. 이빠! 나 아빠를 다시 만난다면 그동안 너무 보고 싶어서 그냥 아빠 안고 울고만 있을 것 같아요. 우리 아빠 자동차를 기꺼이 전시해주신 박물관에 감사합니다.

딸의 편지

아빠 이 차 타고 아빠만 아는 돌산에 올라가서 아빠표 도시락
먹고 신나게 논 거 생각나? 아빠 나 안 보고 싶었어? 보고 싶지!
부탁이에요. 우리 아빠 차 소중하게 다뤄주세요.

나의 편지

당신의 향기를 계속 가지고 있고 싶어서 평소에 입었던 옷을 상
자에 그대로 넣어두었습니다. 7년이 지나니 더 이상 당신의 향
기가 나지 않습니다.
당신의 기타도 고치고 또 고쳐서 당신이 잡았던 코드로 잡아보
면서 당신의 손길을 느끼려 했으나 이제 기타는 너무 낡아서 회
복불능판정을 받고 거실 한켠에 세워둡니다.
당신이 쓰던 153볼펜을 소중히 소중히 아껴가면서 쓰던 어느
날 결국 다 닳아 더 이상 써지질 않습니다. 당신의 물건들이 하
나씩 하나씩 내 곁을 떠납니다. 7년 동안 마치 당신인 양 마당
한 켠에서 우직하게 우리 곁을 지켜주던 당신이 더 아끼던 차!
당신의 손길이 없으니 시동도 걸리지 않고, 문도 잘 열리지 않
지만, 눈과 비를 맞으면서 가족을 지키던 당신 같은 차!
아들이 크면 이 차를 고쳐서 아빠랑 함께 갔던 그 산으로 가자
고 약속했건만, 이제 한쪽 타이어가 삭아서 내려앉았네요.

당신 이대로 밖에 더 오래 서 있으면 더 상하겠어요. 자기 여기서 힘들게 서 있지 마요. 당신이 여기서 지켜보고 있었던 시간보다 더 길게 이제 우리가 당신을 찾아갈게요. 제주도로 그리고 크로아티아로 따뜻한 천국 같은 곳에서 편하게 기다려요.

눈과 비를 맞으면서

가족을 지키던 당신 같은 차!

당신이 여기서

지켜보고 있었던 시간보다 더 길게

이제 우리가 당신을 찾아갈게요.

—— 베개 커버
23년, 김포

6°

엄마의 체온

———

사랑하는 나의 엄마.

나의 엄마는 화재로 온몸에 70퍼센트 이상 3도 화상을 입으셨
다. 엄마는 1997년 2월 5일 사고를 당하시고 9일간의 화상치료
(죽음과의 사투)를 견디시다가 1997년 2월 14일 하나님 품으로
가셨다. 엄마는 온몸에 붕대를 칭칭 감고 계셨다. 어린 우리를
두고 가시기가 못내 미안하셨는지 눈을 감지 못하셨다.

그래서 내가 감겨드렸다.

병실에서부터 영안실로 가는 이동 침대에서 아직도 엄마의 체
온이 있는데 엄마를 영안실 냉장고에 안치하였다. 믿을 수 없었
다. 받아들일 수 없었다. 마지막 순간까지 엄마의 머리 아래에
놓였던 베개 커버만 남았다. 영안실 바닥에서 베개를 붙잡고 울
며 뒹굴었다.

19년이 지났는데도 나는 그때로 멈춰 있다. 이제 나의 엄마를
보내드려야겠다. 엄마에게 말씀드려야겠다.

엄마 사랑해요.
엄마 너무 보고 싶어요.
나중에 제가 늙어서 천국에서 만나요.

그때까지 안녕.

엄.마. 사.랑.해.요.
너.무. 보.고. 싶.어.요.

패딩 조끼
33년, 인선

아버지가 벗어놓은 패딩 조끼

———

사랑하는 아버지를 잃었습니다. 스스로 제가 참 씩씩하다고 생각했는데 아버지가 이 세상에 없고 보니, 절실히 아버지가 필요한 어리광쟁이인 제 자신을 발견합니다.

아버지는 참 자상하셨어요. 매일 종류별로 과일이 떨어지지 않게 사다 놓으셨어요. 제가 배고프면 과일을 먹이고 싶으셔서요. 그리고 엄마랑 저를 위해서 요리하는 일을 큰 기쁨으로 생각하셨어요. 그래서 저는 항상 맛있는 아빠의 요리를 먹을 수 있는 특권을 누렸죠.

하지만 아버지는 삶이 많이 퍽퍽하고 고단하셔서 술로 힘든 마음을 잊으려 하셨습니다. 1년에 3~4개월에 한 번씩 특별한 이유도 없이 약 열흘 동안 술로만 지내는 아버지를 저는 이해하기 힘들었습니다. 술에 취하시면 이성을 잃는 행동을 했기 때문에 어렸을 때 아버지는 공포의 대상이었고, 어느 정도 나이가 든 후에는 아버지의 행동에 인내심의 한계를 느꼈습니다.

성인이 된 후 사회생활을 시작하면서 회사 내 인간관계에서 오는 극심한 스트레스와 어렸을 적 겪은 트라우마로 인해 매일 밤 자살을 결심하고 계획하던 저는 정신과 치료를 받았습니다. 죽고 싶지 않았습니다. 저는 살고 싶었어요. 하지만 세상은 녹록하지 않았고 저는 긍정하려 하면 할수록 절망하곤 했습니다. 저는 마음이 힘들어도 겉으로 표출을 못 하는 중증 우울증을 앓고 있었고, 아버지가 술을 드시는 기간 동안에는 증세가 매우 악화되곤 했습니다.

저는 아버지가 세상에 없는 것이 낫다고 생각했습니다. 그렇지만 한편으로 가슴 아프게 그를 사랑했습니다. 그의 아픔을 헤아리지는 못했지만, 그가 힘들어하는 모습을 보고 있는 일이 괴로웠고, 마음의 평안을 찾을 수 없었습니다. 술을 마시면 폭군으로 변하던 아버지는 술을 깬 후에는 언제 그랬냐는 듯, 식구들에게 자상하셨고, 열심히 일하셨습니다. 하지만 아마도 20여 년 전부터 그는 술을 마시면 죽고 싶다고 말씀하셨습니다.

지난달 16일, 그는 술에 빠진 지 9일째 되던 날 분신을 시도했습니다. 전날 밤, 잠을 자고 싶지만 아무리 많은 수면제를 털어 넣어도 잠이 오지 않는다는 아버지의 전화를 받고 약을 처방받아 찾아갔지만, 그는 저를 기다려주지 않았습니다.

사고 당시 그가 입고 있었던 속옷, 바지, 패딩 조끼 등의 옷가지를 형사로부터 받았습니다. 화학물질을 자신의 몸에 붓고 불을 붙였기에 그의 티셔츠는 남아 있지 않았습니다. 티셔츠는 잔인하게 아빠를 화마로 둘러쌌던 것 같습니다. 모든 것이 불길에 닿아서 잿더미가 되었지만, 패딩 조끼에는 화마가 전혀 닿지 않았습니다. 그 패딩 조끼는 제가 지난 크리스마스에 사드린 옷이었어요. 마음에 들지 않으면 절대 걸치지 않는 아빠가 그 옷을 매일 입고 다니실 때 얼마나 기뻤는지 모릅니다. 만일 그 조끼가 탔다면, 제 가슴도 녹아내렸겠죠. 하지만 제가 가슴 아플까 염려한 제 아버지는 그 패딩 조끼는 곱게 접어놓으신 채, 세상을 하직하셨습니다.

저를 아프게 하지 않으려 한 그의 마음이 느껴져 한참을 울었습니다. 본인이 세상이 힘들어 아픈 선택을 해야 했지만, 자신이 사랑하는 딸에게는 어떠한 마음의 상처도 주고 싶지 않았던 그의 따뜻한 마음을 저는 느낄 수 있었습니다. 그를 이해하는 저는 그를 원망하거나 탓하거나 미워하지 않습니다. 단지 그가 많이 그리울 뿐입니다. 이 조끼를 〈실연에 관한 박물관〉에 보내고 싶습니다. 저를 생각하는 아버지의 마음을 오래도록 기억하고 싶습니다.

—— 기저귀
13년, 서울

8°

우리 집 강아지 호두

이 작은 기저귀에는 십자 모양의 칼집이 나 있습니다. 구멍으로
꼬리를 빼내기 위한 용도입니다. 우리 가족이 키우던 호두는 하
반신이 마비되어 대소변을 가리지 못했거든요.

사람으로 치면 노인의 나이에 여러 사고를 겪어 거동이 불편했
으며, 아토피를 심하게 앓아 털이 거의 빠지기도 했던 늙은 개
가 2월에 세상을 떠났습니다.

죽기 이틀 전부터는 물 한 방울, 사료 한 톨도 먹지 않고, 마지
막 밤에는 가족들 방을 차례로 찾아가 작별 인사하듯 머물다가
평온하게 눈을 감았다고 합니다. 독립해 따로 살고 있는 나에게
이 이야기를 전해주며 어머니는 말했습니다. "참 멋있었다."

하반신을 쓸 수 없어 기저귀를 찬 채로 우리 호두는 몇 년이나
살았습니다. 아침에 일어나면, 밤에 자기 전에, 그리고 수상한

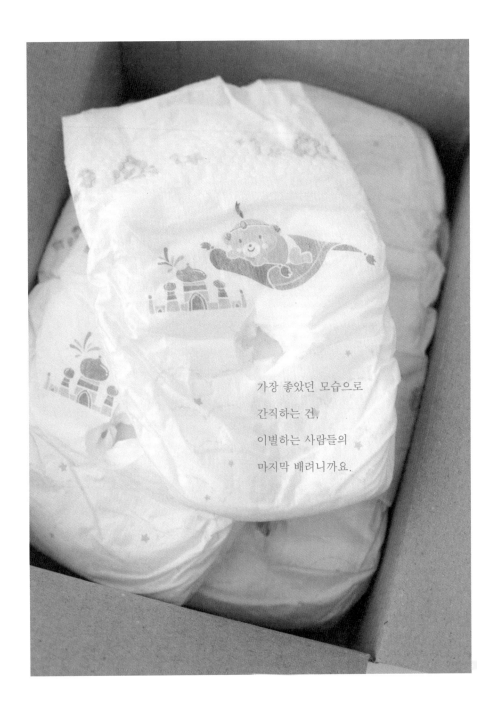

가장 좋았던 모습으로
간직하는 건,
이별하는 사람들의
마지막 배려니까요.

냄새가 날 때마다 수시로 가족들이 개의 기저귀를 갈고 몸을 씻어주었습니다. 거실 수납장에 이렇게 칼집을 낸 기저귀를 몇 박스나 준비해뒀던 걸 보면 한참은 더 살아줄 거라고 우리 가족은 믿었던 것 같습니다. 하지만 모든 만남이 그렇듯 우리에게 주어진 시간은 갑자기 끝났습니다.

깡마른 몸에 털이 듬성듬성해 볼품없는 개를 가방에 담아 산책 길에 나서면 마주치는 누구도 예쁘다는 말이 없었습니다. 하지만 우리 개는 불쌍하고 측은하기보다 멋있었습니다. 차마 다 버리지는 못한, 십자 모양의 칼집이 난 기저귀들을 보며 우리 가족은 죽은 개를 기억하고 그 강한 생명력과 단정한 작별을 떠올릴 겁니다.

가장 좋았던 모습으로 간직하는 건, 이별하는 사람들의 마지막 배려니까요. 잃었음을 슬퍼하는 대신 함께 있었음에 감사하면서 말이죠. 우리 가족의 개는 시추, 이름은 호두였습니다.

칸
하루에 2~3시간, 서울

9°

식당 문이 열리고

———

우리는 세상을 살아가면서 여러 가지의 이별을 여러 번 경험한
다. 가족과의 이별, 사랑하는 연인과의 이별, 평생을 함께하기
로 약속한 동반자와의 이별, 곁에서 위로해주고 조언을 아끼지
않는 친구들과의 이별, 여행지에서 만난 낯선 이와의 이별. 짧
게는 몇 달 또는 몇 년 만에 한 번씩 찾아오는 가슴 아픈 이별
들. 내가 뜻하지 않은 이별, 또는 내가 원했던 이별이라 할지라
도 이별은 우리들 가슴을 아프게 하고 그 아픔을 오랜 시간 동
안 기억하게 만든다.

나는 오늘 내가 매일 겪고 있는 아주 특별한 만남과 이별에 대
해서 이야기하려 한다. 아침이 밝아 오면 내 마음은 다시 설레
기 시작한다. 오늘도 또 낯선 그 사람, 이름도 얼굴도 모르는 그
사람이 나를 만나기 위해서 찾아오기 때문이다. 나는 아침 일찍

분주히 시장에 나간다. 단지 나를 찾아오는 그 사람을 만족시키기 위해서 나는 시장에 간다. 식당의 문이 열리고 약속된 시간이 다가온다. 때로는 늦게, 때로는 좀 이른 시간에 그 사람이 나를 찾아서 온다.

나는 긴장하기 시작한다. 오늘은 또 어떤 사람들이 나의 어떤 이야기들을 선택해서 말을 걸어올지 모르겠다. 남자인지 여자인지는 중요하지 않다. 나는 그 사람을 만족만 시키면 되는 것이다. 짧은 듯한 몇 번의 순간들이 지나간다. 나는 그 사람의 얼굴을 살펴본다. 입가의 희미하게 미소가 떠오른다. 나는 그 사람의 눈도 살펴본다. 새롭고 흥미로운 것을 발견한 듯 웃음과 같은 기쁨이 눈가에 고여 있다. 그 사람이 나를 느끼며 나의 이야기들을 집어삼키며 만족한다. 나는 그거 하나면 된다. 나는 지금껏 그렇게 살아왔으니까.

이별의 순간이 다가온다. 그 사람은 나를 만난 값을 지불하고 떠난다. 눈길 한번 주지 않은 채, 뒤돌아보지도 않은 채 그 사람은 다시 찾아오겠다는 약속도 없이 그렇게 떠난다. 나는 또 기약 없이 그 사람을 기다린다.

눈길 한번 주지 않은 채,

뒤돌아보지도 않은 채

그 사람은 다시 찾아오겠다는 약속도 없이

그렇게 떠난다.

나는 또 기약 없이 그 사람을 기다린다.

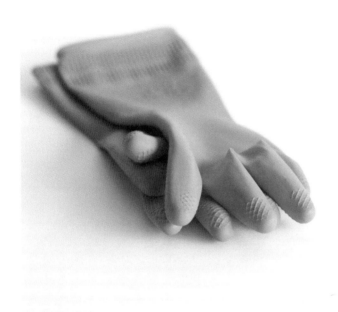

고무장갑
4년, 서울

10

매일매일의 전쟁

———

결혼하자마자 해외에서 살다가, 한국으로 들어오면서 시댁으로
들어가게 되었다. 경제적인 형편 때문에, 그리고 급작스러운 이
사 때문이었다. 이후 나는 매일 매일 가사노동과의 전쟁이었다.
시어머니, 시아버지를 위해 아침 점심 저녁을 준비하다 보면 하
루가 다 지나갔다. 친구들을 만나러 나가려고만 해도 눈치가 너
무 보였고, 결국 집에 일찍 들어오는 수밖에 없었다.

나의 삶은 점점 없어져 가고 나는 그저 가사노동만 하는 기계
같았다. 하지만 드디어 분가하게 되었다. 시댁에서 마지막으로
사용했던 고무장갑을 기증하려 한다. 이제 나를 위한 삶을 살
수 있을 것 같다.

한 번도 입지 않은 헌 셔츠

———

셔츠를 샀습니다. 언젠가부터 여성복이 아닌, 남성복에서 자연
스레 구매하던 습관에 따라 태그를 떼고, 세탁을 하고, 다림질
도 없는 구김 가득한 셔츠로 만들어버렸습니다. 원래 있었던 헌
셔츠인 것처럼, 자주 입었던 헌 셔츠인 것처럼. 혹여 다시 만났
을 때, 그를 위해 샀다는 말보다, 내 옷 사이에 있었던 것이라며,
아무렇지 않은 듯 전해야 내 미련이 들키지 않을 것 같아서.

얼마나 많은 시간이 흘러야,
얼마나 많은 사람을 만나야,
내 지난 사랑이 아무렇지 않을 수 있을까요.
미련이란 단어 대신 아득함이란 단어를 사용할 수 있을까요.

그는 제 첫사랑이었습니다. 몰래 아슬아슬한 데이트를 즐기던 회사에서의 직장 동료였습니다. 정확히 영원히 함께할 것 같던 10년의 시간을 함께하고, 그와 이별을 했습니다.

함께한 물건들을 정리했고, 가슴 한편에 그와의 시간을 담아 두었습니다. 시간을 정리하고 싶진 않습니다. 소중한 추억이니까요. 다만 그 시간 때문에 생긴 아픔은 그만 정리하고 싶습니다.

그는 어떤 마음일까요.
아직도 그의 마음이 궁금한 건,
제 욕심일까요.

블랙베리
2009년~2015년, 서울

12°

그녀와 나의 블랙베리

———

"⋯"을 보내며 그녀와 나는 블랙베리 메신저를 통해 나직이 대 65
화를 시작하곤 했다. 노크를 뜻하는 똑똑이란 뜻이었을 수도 있
다. 말하고 싶지만 차마 입 밖으론 낼 수 없는 말이었을 수도 있
었다.

그녀와 나는 만나서는 안 되는 사이였다. 그녀와 나는 만났다.
그녀와 나의 세상은 무너져내렸다. 부서져가는 서로를 마지막
까지 이어줬던 건 작고 검은 블랙베리였다. 서로를 사랑했기에
우리는 기꺼이 표류하기 시작했다. 망망대해를 떠돌 때도 블랙
베리는 서로의 위치를 알려주는 작고 검은 나침반이었다.

이제 나는 그녀가 어디에 있는지 알지 못한다. 블랙베리에는 그
녀와 나눴던 마지막 대화가 남아 있다. "먼 훗날 죽음을 앞뒀을
때 너와 인생을 함께 보내지 않은 걸 뼈저리게 후회할 것 같다."

그녀와의 사랑을 통해 깨달았다. 이루어질 수 없는 사랑이 존재한다는 것을. 후회할 걸 알면서도 놓아야 하는 사랑이 있다는 것을. 그렇게 블랙베리는 영영 꺼져버렸다.

먼 훗날 죽음을 앞뒀을 때
너와 인생을 함께 보내지 않은 걸
뼈저리게 후회할 것 같다.

오래된 필통
5년, 서울

13°

청.춘.필.통.

———

우연히 책상을 정리하다 발견한 필통. 'NAGI&PA-LANG' 대
학 시절 그와 나의 닉네임이다. 인터넷이 처음 보급되던 시절
메일 주소를 위해 자연스럽게 만든 이름이, 졸업 후 만났을 때
'파랑주의보에 오는 소나기'라며 그와 나 사이의 인연을 자연스
럽게 만들어주었다.

우리는 5년 동안 많은 일이 있었지만 그보다 낯선 곳에서 서로
를 의지하며 성장했다. 20대, 내 청춘의 한 시절을 함께한 사람
이었다. 하지만 오랜 시간이기에 그만큼 서로 익숙했고, 젊었기
에 그 사람에게 상처만 주고 떠났다.

10년이 지난 뒤 발견된 필통은 또다시 그 시절의 아련함을, 철
없는 청춘의 부끄러움을, 그리고 사랑보다 미안함을 떠올리게
했다. 그로 인해 지금의 내가 있는 것이 너무나 당연하기에 그

에게 미안함보다는 이젠 고마움의 마음으로 그리고 '우리'라는 이야기를 담은 추억의 마지막 물건을 〈실연에 관한 박물관〉에서 영원토록 추억하고 싶어 아쉽지만 보내려고 한다.

언젠가 그가 혹은 내가 그곳에서 이 물건을 우연히 마주하면 눈물이 먼저일까? 미소가 먼저일까? 아마 미소가 먼저였으면 한다.

14°

두 개의 향초

———

헤어지고 한 달쯤 지났을까, 눈길이 잘 가지 않던 방 한구석에
갔다가 잊고 있던 향초 냄새를 맡고 깜짝 놀랐습니다. 상자에
넣어둔 지 벌써 2년이 지났네요. 짧은 연애였지만 좋지 않게 헤
어져서 꽤 오래 힘들었던 연애였어요.

향초를 워낙 좋아하는 저인지라 받았던 선물이 결국엔 헤어지
기 며칠 전에 마지막으로 받은 선물이 되었네요. '향'을 생각하
면 가장 먼저 떠오르는 것이 어릴 적 어머니가 사용하던 향수의
냄새에요. 그 향은 아식노 길에서 우연히 스치기만 해도 순식간
에 저를 그 당시로 데려가버리죠. 영화 '향수'에서처럼 향이라
는 것의 힘은 치명적이기까지 해서 한번 어떤 향이 특정 사건과
맞물리면, 언제라도 다시 맡게 되었을 때 그 향은 사건 속의 향
이 되어버리죠.

—— 향초 두 개
120일, 서울

저 또한 또다시 힘들었던 과거로 돌아갈까 무서웠거든요. 다시
꺼내보고서야 지금은 많이 괜찮아졌다는 것을 알았지만, 그 당
시를 생각하면 아직도 애틋해져요. 대단한 선물이 아니었음에
도 차마 버리지도 못하고, 그렇다고 헤어진 직후 돌려줄 용기조
차 없었던 저인지라 어찌해야 할지 몰랐는데 참 다행이네요. 기
증을 통해 한편에 아직도 남아 있는 마음까지 이제는 보내고 싶
습니다.

안녕~ 불 한 번 피워보지 못한 안타까운 향초지만 넌 좋은 애
물단지었어~.

15°

음악을 들을 때마다

———

스피커는 지금으로부터 약 18년 전 미술을 전공한 아들이 선물한 것입니다. 2003년에 29세의 나이로 세상을 떠난 아들은 서양화를 전공해 프랑스 유학을 준비 중이었습니다. 18년 전 그 아들이 제가 클래식 음악을 좋아하는 것을 알고 이 스피커를 어깨에 짊어지고 오던 표정이 생생합니다. 아들이 이 선물을 건넬 때, 진심으로 기뻤고, 지금까지도 나는 그림을 그리며 이 스피커로 음악을 듣고 있습니다.

음악을 들을 때마다 아들에 대한 그리움과 슬픔이 깊어집니다. 그래서 아들을 기리며 미사곡을 많이 듣곤 했습니다. 아들의 세례명은 다니엘이었습니다. 아들에게 바치는 마음으로 저는 지금까지 인근 성당의 종을 하루 세 번씩 치는 일을 멈추지 않고 있습니다.

지금까지도 나는 그림을 그리며
이 스피커로 음악을 듣고 있습니다.
음악을 들을 때마다
아들에 대한 그리움과 슬픔이 깊어집니다.

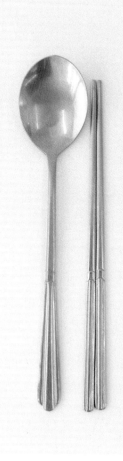

수저 한 벌
5년, 서울

16°

숟가락 젓가락

———

미국에 유학 올 때 딱 수저 한 벌만 챙겨왔다. 캠퍼스 내에 있는 대학원생을 위한 작은 원룸 아파트에 살면서 종종 식사를 위해 대학원 친구들과 각자의 수저 한 벌을 챙겨 작은 부엌에 옹기종기 모이곤 했다. 정말 어렵던 시절 한국을 떠나 꿈 하나만 가지고 온 미국이라는 낯설고 차가운 땅에서 유일하게 나를 위로해 준 것은 한국인 유학생 친구들과 모여 숟가락과 젓가락으로 각자 조금씩 준비한 라면이며 떡볶이, 미역국을 나누어 먹는 시간이었다.

고향에 계신 어머니와 통화할 때마다 터져 나오던 서러움, 불확실한 미래에 대한 불안으로 가득했던 그때. 가난에서 벗어나고 싶어 이 악물고 견뎠던 유학 시절을 마치고 나는 번듯한 회사의 대표가 되었다. 나는 지금 미국에서 살던 작은 원룸의 열 배가 되는 세련된 아파트에서 멋진 식기로 따뜻한 저녁 식사를 준비하는 아내, 그리고 아이들과 함께 살고 있다. 이제는 아내가 사온 어느 명품 브랜드의 고급 식기를 사용하지만 나의 책상 서랍에 유학 시절의 낡은 수저 한 벌을 넣어놓고 힘들 때마다 꺼내어 힘든 시기 잘 견뎌온 나를 돌아보곤 한다.

순가락과 젓가락으로 각자 조금씩 준비한

라면이며 떡볶이, 미역국을 나누어 먹는 시간이었다.

고향에 계신 어머니와 통화할 때마다 터져나오던

서러움, 불확실한 미래에 대한 불안으로 가득했던 그때.

민트티 티백
11년, 부산

허브티 한 잔

───

우리는 같은 고등학교, 같은 반, 같은 이름이었다. 게다가 짝지
였다. 성적은 판이하게 달랐지만 그런 건 문제가 되지 않았다.
우리 엄마는 나의 보온병에 옥수수차나 보리차를 담아주셨지
만, 그녀의 보온병에는 언제나 허브차가 담겨 있었다. 나는 그
허브차를 늘 얻어 마셨다. 지금 생각해보면 고3 수험생 엄마가
공부 잘하는 딸에게 스트레스 좀 덜 받게 하려고 정성껏 싸주신
것을 내가 홀짝홀짝 마셨던 거다.
꽤 힘겨웠던 고3 수험생 기간이 지나고 서울로 학교에 간 내 친
구는 방학 때마다 고향으로 돌아왔고 우리는 매번 방학 때 만났
다. 아주 평범한 것들에 대해 이야기했다. 특히 자주 듣는 음악
에 대해 이야기했는데 나는 그녀의 음악 취향이 좋았다. 서로의
일상을 잘 알지는 못했지만 내 친구 눈동자가 반짝하고 빛나거

나 자주 우울해서 눈동자에 그림자가 드리워져도 나는 그녀가 이상하게도 좋게 느껴졌다.

서로의 이름이 같았다는 이유도 있었겠지만 나는 그녀의 차분함이 좋았다. 내 이야기에 귀 기울여주는 모습도 좋았다. 작은 일에 신중해서 좋았다. 내가 처음으로 이메일이 생겼을 때 그녀는 아주 기쁘게 내 이메일이 생긴 기념으로 이메일을 보내주었다. 나는 그런 마음이 제일 좋았다. 대학교를 졸업하고 그녀는 대학원으로 진학했고 서로 연락하는 횟수가 조금씩 줄어들기는 했지만 방학 때마다 만날 수는 있었다. 그녀가 준비하던 시험에 불합격하고 난 뒤부터 연락이 정말 뜸해졌다. 방학이 되어서도 만날 수 없는 경우가 생겼다.

그러다가 완전히 연락이 끊겼다. 그 친구에게 이메일을 보냈고 몇 번은 전화를 했고 누군가에게 그녀의 소식을 듣기를 바랐지만 이메일 답장은 없었고 전화는 받지 않았으며 내 주위 누구도 그녀와 연락하지 않았다. 정말 마음만 먹으면 그녀의 연락처 정도는 알 수 있지 않을까 싶었다. 자연스럽게 지나가다가 우연히 만나기를 바라고 바랐다.

아쉽게도 단 한 번도 그런 일은 없었다. 그녀는 나에게 실연을 알게 해준 첫 번째 사람이 되었다. 지금 생각해보면 우리가 친구였을까 하는 생각이 들지만 여전히 나는 그녀와 다시 만나 지금 듣는 음악이 뭔지, 삶의 방향에 대해 이야기하고 싶다는 생각을 한다. 다시 만나지 못하게 되었지만 나는 그녀가 씩씩하게 잘살고 있을 거라고, 내가 만났던 20대의 그녀보다 건강하게 지내고 있을 거라고 생각한다.

그녀는 나에게 유일하게 연락이 안 되는 친구이지만 그래도 나의 20대를 조금이라도 함께 나눌 수 있었다는 것에 대해 감사하며, 함께했던 허브차를 다시 마시고 싶다.

팬티, 혹은 팬티 상자
1981년~2015년, 서울

18°

요일 팬티

———

말하자면 길다. 그녀와 내가 둘만의 동거를 시작한 것은 2005년
부터이니. 10년간의 동거 기간 동안 그녀와 나는 자주 다퉜다.
대부분은 해도 티 안 나는 집안일 때문이었다. 예를 들어 빨래
는 일주일에 한 번이면 족하다고 믿는 나와, 이틀에 한 번(그러
나 심지어 하루에 한 번씩 세탁기를 돌리기도 했다) 실행하던 그녀.
집안일이야 놀고 남는 시간에 여유롭게 즐기며 한다고 생각하
던 나와 늘 바지런을 떤 그녀. 눈치챘는지 몰라도 난 항상 '생각
만', 그녀는 '실행을'이었단까. 그게 우리 사이의 문제 중 하나라
면 하나였다.

그녀는 나와의 10년 동거를 끝내고 작년에 결혼했다. 외국에서
생활하게 된 그녀가 나에게 결혼 선물, 사실 결혼한 사람은 그
녀인데 왜 나에게 선물을 주고 간지는 아직도 모르겠으나 어쨌

건 작은 상자를 건네주었다. 작은 상자 속 선물은 다름 아닌 '팬티 일곱 장'이었다. 그녀는 빨래를 할 때마다 '저년은 팬티도 다섯 장뿐인 주제에 뭘 믿고 일주일에 한 번 빨래를 해도 된다는 거지?'라고 생각했을지도. 늘 옷장과 수건 함을 채우고 있던 햇빛에 잘 마른 옷감의 냄새가 그녀의 노력 아래 있었다.

10년간 고생한 동생님아. 고맙고 미안하다. 우리 이별이 너에게 소통을 선물했기를.

P.S. 혹시 내가 팬티 상자만 보낸다고 해도 너무 노여워하지 마세요. 원래 갖고 있던 다섯 장 중에 세 장이 구멍 났거든요.

10년간 고생한 동생님아.

고맙고 미안하다.

우리 이별이 너에게 소통을 선물했기를.

로모카메라
4년 6개월, 대전

19°

로모, 안녕…

────

그와 저는 스무 살 때 처음 만났습니다. 사실 거의 첫눈에 반해서 처음 만났을 때의 옷차림까지도 또렷이 기억할 정도였어요. 10월의 추석 연휴 어느 날이었던가, 보름달에 소원을 빌며 우리는 연인이 되었습니다. 캠퍼스 커플이었던 우리는 꽤 오랜 시간을 함께 보냈는데요. 결과적으로는 그를 '내 말을 잘 들어주던 사람'으로 기억하게 되었네요. 제멋대로여서 결국 헤어짐으로 이끈 쪽은 내 쪽이었던 것 같은데 뒤늦게 여러 고마움을 깨달았습니다. 로모카메라는 그의 선물 중 하나인데, 당시에는 그에게 좀 부담이 됐을지도 몰라요. 그래도 덕분에 한동안 로모그래퍼에 빠져 많은 추억을 남길 수 있었습니다.

고마웠던 모든 것 그리고 로모에게 안녕을 고하며!

—— 찐빵
7년, 제주

20°

마지막 빵

———

어느 여름날이었습니다. 갑자기 들이닥친 군인들이 남편을 동
네 청년들과 함께 트럭에 태우고 있었습니다. 어제도 굶고 오늘
도 굶은 남편은 몰골이 말이 아니었어요. 팽나무 아래 동네 사
람들과 가슴 졸이며 앉아 있던 나는 가슴이 뛰었어요. 두려움에
떠는 남편의 눈빛이 느껴졌습니다. 남편이 너무나 가여웠어요.
마침 마을 동녘 길가에 빵장수가 있었어요.
난 주머니에 꼬깃꼬깃 넣어두었던 돈을 꺼내 빵을 사러 뛰어갔어
요. 저 트럭이 출발하기 전 달려가야 할 텐데 어떻게 달려갈까?
빵 한 봉지를 사 들고 나는 뛰었는지 걸었는지 모르게 허둥지둥
달려갔어요. 차 위로, 온 힘을 다해 그 빵을 탁 올리자마자 트럭은
순식간에 "빵" 하는 소리를 내며 어디론가 떠나버렸어요.
말 한번 해보지도 못하고… 이 빵 나눠서들 드시라고 말도 다

하지 못하고…. 난 돌아서서 엉엉 울었어요. 울고 있는 내게 누군가가 말을 했어요. "꼭 다시 돌아옵니다." 그게 마지막이었어요. 살아서 다시 만날 수 있을 거라 믿고 기다리고 또 기다렸지만 남편은 돌아오지 않았어요. 딸만 하나 남겨두고. 1947년부터 1954년까지 7년 7개월 동안 이어졌던 제주도 4·3사건은 나를 사랑하는 사람과 영원히 떼어놓고 말았습니다. 아마 그때 이 빵의 온기라도 전해졌을까요?

울고 있는 내게

누군가가 말을 했어요.

"꼭 다시 돌아옵니다."

9월 September   9월 SEP.   10월 October
일 월 화 수 목 금 토   일 월 화 수 목 금 토
    1 2 3 4   1 2
5 6 7 8 9 10 11   3 4 5 6 7 8 9
12 13 14 15 16 17 18   10 11 12 13 14 15 16
19 20 21 22 23 24 25   17 18 19 20 21 22 23
26 27 28 29 30   24 25 26 27 28 29 30
                          31
8°° a.m.

4

토.SAT.(음·8·11)

86. 6. 4

9°° **妻의 死別**

10°° 당신의 어여쁜손 꼭부여잡고
11°° 둘이서 같이늙자 말하여졌지
맹서하던 그대는 먼저떠나고
12°° 한밤에 나만홀로 잠못이루네

1°° p.m. 흐리고 비바람이 차갑게불면
2°° 솔밭산에 떠오르는 당신의모습
자나깨나 근심걱정 아픈마음을
3°° 달이가고 해가간들 어이잊으리

4°° 이몸이 앞으로더 산다고해도
5°° 다시는 또만날수 없는그대를
차라리 당신없는 세상이라면
6°° 기다려 볼것없이 나도가야지

7°°

21

외할아버지의 사랑

———

외할머니가 세상을 떠나신 후, 외할아버지께서 외할머니를 그
리워하며 수첩에 남긴 글입니다. 혼자되신 외할아버지는 돌아
가시기 전까지 많이 외로워 보이셨습니다. 항상 다정했던 두
분의 모습을 오래도록 기억하고자 외할아버지의 메모를 기증
합니다. 하늘나라에서 두 분이 다시 만나 편안하고 행복하시길
바랍니다.

모토로라 휴대전화

———

저의 기증품은 검정 모토로라 휴대전화입니다. 아버지가 몇 년
간 사용하던 것인데, 지금은 제가 가지고 있습니다. 아버지는
막내딸인 저와 취미도, 성격도 비슷해서 자식 중 저를 몹시 아
꼈습니다. 함께 낚시를 하러 가거나, 산에 다니던 때는 지금도
가장 행복했던 기억으로 남아 있습니다.

2009년 저는 바빴습니다. 제가 하는 일은 번역인데, 그 무렵은
일을 시작한 지 1~2년 남짓 되던 때였습니다. 다행히 처음 몇
권 출간한 책들이 평판이 좋아 여러 건의 출간계획을 하게 되었
습니다. 사람도 안 만나고, 잠도 줄여가며 일을 했고, 독립해 살
다보니 집에 가는 횟수도 점점 줄었습니다.

아버지는 그해 가을 위암 말기 판정을 받았습니다. 3개월 정도
더 사실 수 있다는 이야기를 들었습니다. 큰 출판사에서 의뢰받

은 일을 하느라 바빴던 저는 아버지의 간호를 다른 가족들에게 미루고 몇 번 가보지도 못했습니다. '설마' 하는 생각도 했던 것 같습니다.

아버지는 몇 번 수술을 하셨고, 중환자실에 누워 휴대전화기만 손에 쥐고 계셨다고 합니다. 저에게 직접 전화를 건 적은 한 번도 없었습니다. 2010년 1월 아버지가 위독하다는 전화를 받았습니다. 병원에서는 집에서 임종을 맞는 편이 좋다며 퇴원을 권했습니다. 구급차에 아버지를 태우는 동안 오랜만에 병실을 찾은 저는 아버지의 소지품들을 챙기는 일을 맡았습니다. 소중히 여기시던 휴대전화도 잊지 않았습니다. 아버지의 장례를 치른 뒤 사망진단서를 들고 가서 휴대전화를 해지했습니다. 해지하기 전 문자보관함을 보았는데 저에게 적다 만 문자들이 10여 개 남아 있었습니다. 그래서 해지한 휴대전화를 버릴 수 없었습니다. 아버지가 돌아가신 이후 나에게 가장 중요한 것이 무엇인지 끊임없이 생각했고, '해야 하는 일'보다는 '하고 싶은 일'이 저에게 중요하다는 생각에 다다랐습니다. 지금은 제주에서 아버지도, 저도 그토록 좋아하는 자연과 함께 살고 있습니다. 흙을 만지고, 동물, 이웃과 함께 사는 삶을 이루었으니, 휴대전화에 담아두었던 미련과 죄책감도 털어버릴 수 있을 것 같습니다. 누군가에게 중요한 것은 우선순위가 전부 다르겠지만, 그것이 무엇이든 자신에게 중요한 것을 그 순간에 놓치지 말았으면 합니다.

아버지의 장례를 치른 뒤

사망진단서를 들고 가서 휴대전화를 해지했습니다.

해지하기 전 문자보관함을 보았는데

저에게 적다 만 문자들이

10여 개 남아 있었습니다.

—— 지구본
1년, 제주

23°

세계여행

———

지구본을 선물 받고 연인과의 세계여행을 꿈꾸었지만
이제는 박물관에 기증하려 합니다.

버스티켓

2011년 4월~2015년 9월, 서울

24°

양구행 버스티켓

———

남자친구는 당시 군인 신분이었고, 2014년 크리스마스에 남자
친구를 보러 최전방 양구로 갔습니다. 빡빡이 군인과 여대생이
었던 우리는 군인들이 모여 있는 마을 양구에서 조촐하면서도
따뜻한 크리스마스를 보냈습니다. 당시 사용했던 양구행 버스
티켓을 기증하려고 합니다.

— 사진 두 장
5년, 제주

탑동 시절

———

아빠가 너희만 할 때 이곳 탑동에서 바닷물에 발 담그고, 소라
잡고, 갱이 잡고, 문어 잡고 그렇게 놀았다. 그런데 어느 날 사람
들은 이 바다를 메워 땅을 만들었다.
그곳에 살던 소라도, 갱이도, 문어도, 미역도 전부 저곳에 묻혀
버렸지! 그리고 사람들은 땅이 생겼다고 좋아했다. 그곳에 길을
빼고 주차장을 만들고 건물들을 세웠다. 그리고 사람들은 후회
했지만 이미 되돌릴 수 없었지! 아빠의 추억도 저 길 밑에, 주차
장 밑에, 건물 밑에 영원히 묻혀버린 거야.
지금 아이들은 그 길 위에서 주차장에서 놀고 있다. 아이들이
나중에 부모가 되어 다시 자식들에게 저 길 위에서 저 주차장에
서 놀았던 이야기를 할 것이다. 내가 슬픈 이유는 저곳에서 놀
고 있는 저 아이들의 추억 때문이다.

1989년 장마가 한창이던 6월쯤 나는 입대를 했다. 그리고 1991년 가을에 제대하고 다시 탑동을 찾았다. 그런데 탑동은 이미 매립되어 흙으로 채워져 있었고 길이 만들어지고 있었다. 그런 탑동을 나는 1992년 늦은 가을부터 사진 찍기 시작했다. 5년 동안 사진 찍는 일을 하루도 거르지 않았다. 그렇게 탑동 이곳저곳을 사진에 담았다. 그 후 2년 동안 계속해서 일주일에 3~4일 탑동을 찾아 사진 작업을 했다.

탑동은 탑알, 또는 탑 아래라고도 하며, 무근성의 북쪽 바닷가 마을을 지칭하기도 한다. 예전에는 인가는 없고 대부분이 밭으로 되어 있었다. 무근성에서 청상과부가 많이 생기므로 살기가 비친 까닭이라 하여 이곳 좌우에 돌탑을 쌓고 해마다 제를 지냈다. 그때 탑을 쌓은 아래쪽에 마을이 섰으니 탑 아래쪽 마을이란 뜻에서 탑알, 탑바리, 탑동 등으로 불리게 되었다. 공유수면 1차 매립 약 5만 평(16만 5000㎡)이 1978년 1월에 매립되고, 추가로 4만 9686평(16만 4252㎡)이 1991년 12월에 2차 매립되었다.

1999년 12월 〈탑동의 어제와 오늘〉이란 제목으로 사진전을 열었다. 그렇게 1990년대를 나는 탑동에서 보냈다. 그리고 2000년대에 들어서 길과 건물로 채워져버린 탑동을 한참 동안 찾지 않았다.

26°

파란 대문

———

나에게 '기억'이란 것의 처음 시작은 태어나서 처음 살았던 집의 '파란색 대문'이다.

누군가의 팔에 안긴 듯이 시선이 공중에 떠 있다. 걸음걸이에 맞춰 위아래로 조금씩 시선이 올라갔다 내려갔다 한다. 양옆에는 커다란 골목이 있다. 그 골목 끝부분에 다다르자 움직임이 잠시 멎었다. 왼쪽으로 방향이 틀어진다.

'파아란 대문!' 아름다운 색이다. 선명한 파란색 대문이 열리니 안에는 드넓은 초록색 잔디마당이 펼쳐져 있다. 마당 한옆에는 아름드리 큰 나무가 햇살에 눈부시게 반짝인다. 따뜻하다. 몸이 자연스레 오른쪽으로 틀어진다. 마당과 마주한 곳에 커다란 2층 저택이 눈에 보인다. 저택과 마당 사이에는 내가 등 위에 올라타도 될 정도의 크기로 보이는 커다란 개가 나를 보고 큰 소

파란 대문
태어날 때부터 놀까지 약 1년, 서울

리를 낸다. 무섭다. 잠시 멈춰졌던 걸음은 이내 마당을 지나 저택의 정문으로 들어간다.

1978년생인 나는 서울 광진구 구의동에서 태어났다. 내가 태어난 곳은 〈응답하라 1988〉에 나오는 70·80년대에 흔히 유행하던 일반적인 양옥집이 많은 동네였다고 한다. 동네 사람들에게 '파란 대문집'으로 불리던 내 기억 속의 첫 집에서는 내가 채 돌이 되기도 전에 이사를 나왔다고 한다. 나는 돌잔치를 강남의 아파트에서 했다. 그렇다면 내 기억 속의 '파란 대문집'은 내가 태어난 지 12개월이 채 되기 전의 기억이라는 것인데…. 아무리 생각해도 믿을 수 없을 만큼 또렷하게 골목과 집의 구조, 색감, 온도, 두려움 등의 기억과 감정이 자세하게 떠오른다. 물론, 혹시 사진이나 영상으로 보았던 것을 기억이라고 둔갑하고 있지는 않을까 의심해보았다. 가족들과의 대화를 통해 맞춰본 몇 가지 증거 덕에 이 기억은 오롯이 '나의 기억'이 맞다는 것이 증명되었다.

앞서 설명한 골목의 모습, 골목에서의 대문의 위치와 파란 색상, 잔디밭과 나무는 모두 가족들의 증언과 일치했지만, 그 사이즈와 규모 면에서 큰 차이를 보였다. 일단 드넓은 초록색 잔디마당은 아주 작은 5평 남짓한 풀밭이었고, 아름드리나무는 열매가 열리는 조금 튼실한 나무였을 뿐, 그렇게 넓은 그늘을 내어줄 만큼의 아름드리 크기는 아니었다고 한다. 또한, 커다란 2층 저택은 '저택'이 아닌 그냥 당시 흔하게 볼 수 있는 2층 양옥집일 뿐이었다. 당시 양옥집으로 들어가는 문 옆에는 개집이 있었고, 어른 팔 한마디 크기만 한 아주 작은 새끼 강아지를 묶어놓았다고 한다. '기억'이란 것은 굉장히 주관적이어서 내가 몇 달밖에 안된 아주 작은 아기였을 테니, 대문도, 잔디마당도, 나무도, 집도, 강아지도 내 몸의 크기와 비례해서 몇 배는 뻥튀기 되어 '내 기억' 속에 저장되었던 것이리라.

나는 '공간 디자이너'이다. 공간에 대한 비교적 상세한 기억과 감정이 내 생애 첫 번째 기억이었던 것이 어쩌면 우연이 아니었는지도 모르겠다. 하지만 나는 그 기억과 아주 오랜 시간 동안 이별해 살아왔다. 한 살도 되기 전 네모진 새 아파트로 이사한 우리 가족은 그 후로도 쭉 아파트에만 살았다. 나는 콘크리트 바닥을 놀이터 삼아 뛰어놀며 자랐고, 성냥갑처럼 똑같이 생긴 집에서 '703호 성지', '1202호 호정이'라고 불리는 친구들과 함께 '103호 준원이'로 살았다.

성인이 되어 첫 집에 대한 소중한 기억을 찾아나섰을 때 골목은 그리고 동네는 이미 송두리째 흔적조차 사라지고 난 뒤였다. 아무런 흔적이 남아 있지 않은 '나의 첫 번째 집'. 지금은 그 일대가 모두 개발되어 그때와는 전혀 다른 모습의 주택가가 되어 있다. 나는 그렇게 내 고향을 마음속에 품어야만 했다.

그때 그 대문도, 골목도, 동네도, 이제는 흔적도 없이 사라졌다. 아직도 우리 주변의 많은 동네들이 흔적도 없이 사라진다. 누군가의 추억이 담긴 마을이, 집이, 송두리째 부서져간다. 찾고 싶지만 찾을 수 없는 어린 시절의 동네의 흔적.

우리는 매일 새로움을 찾아내 흔적들과 이별하며 살고 있는 것

은 아닐까. 그래서 나는 오늘도, 흔적을 찾아 헤매는지도 모른다. 내 기억 속의 첫 번째 '파란 대문'을 찾아서. 나와 너의 삶의 흔적 속으로.

손으로 만든 팔찌
2012년, 서울

27°

'여리고 빌라'의 아이들

온두라스의 수도 테구시갈파의 국제공항에 도착한 것은 2012년 1월 23일이었습니다. 온두라스 커피는 마셔본 적 있지만 온두라스라는 낯설고 먼 나라에 오게 될 줄은 상상도 못 했습니다.

저는 한국의 기자입니다. 그때 저는 해외의 어려운 아이들을 돌보는 한국인 선교사들을 취재하기 위해 브라질, 볼리비아를 거쳐 마지막 여정으로 온두라스에 닿았습니다.

제 목적지는 테구시갈파에서 동쪽으로 120킬로미터 떨어진 작은 마을 아구아블랑카에 위치한 '여리고 빌라'라는 복지 시설이었습니다. 열두 명의 아이를 거기서 만났습니다. 8~18세, 대부분 성매매 여성의 자녀들. 온두라스는 당시 유엔마약범죄사무소 발표, 인구 10만 명당 피살률 세계 1위를 기록했습니다.

축구를 좋아하는 해맑은 아이들의 처참한 과거를 하나하나 알아가면서 제 마음은 미어져갔습니다. 다니엘은 아버지가 갱, 어머니가 경찰이었습니다. 각각 활동과 작전 중에 돌아가셨습니다. 다니엘의 동생 노에는 동네 형들에게 성폭행을 당하며 쓰레기 수거를 하면서 연명했습니다. 킴빌리는 일곱 살 때 어머니를 백혈병으로 잃고 친아버지에게 성폭행을 당해 열한 살 때 임신한 아이를 두 달 만에 저 세상으로 보냈습니다. 안지는 제가 떠나기 전날 밤 제 발을 씻겨주며 눈물을 흘렸습니다. "내가 너를 용서한다."고 신의 목소리로 말해줬습니다.

그곳 아이들이 밤새 만들어준 팔찌를 기증하고 싶었습니다. 하지만 이미 팔찌는 온데간데없었습니다. 함께 팔찌를 받은 친구들에게도 수소문해봤지만 헛수고였습니다. 마치 제가 그 아이들에게 했던 '꼭 다시 오겠다'는 약속을 아직 지키지 못한 것처럼, 약속의 징표처럼 남아 있던 팔찌가 사라졌습니다. 기증하는 물품은 아이들에게 전달하고 싶은 저의 팔찌입니다. 그곳의 맑은 밤하늘에서 본 총총한 별의 바다를 잊을 수 없습니다. 아이들과 하늘을 바라보았던 시간과 그들의 눈빛을 담아 언젠가 이 팔찌를 전달할 수 있는 날을 기다리겠습니다. 오늘 밤 여기처럼 그곳에도 별이 뜨겠지요.

안지는 제가 떠나기 전날 밤
제 발을 씻겨주며 눈물을 흘렸습니다.
"내가 너를 용서한다."고
신의 목소리로 말해줬습니다.

가구 미니어처
1년 3개월, 제주

우린 어떤 가구를 들일까

———

남자친구와 미래에 함께 살 집을 생각하며 가구 미니어처를 만   121
들고 배치도 해보며 즐거운 시간을 보냈습니다.

하지만 가구의 색을 칠해 완성하기도 전에 우리는 합의하에 헤
어지기로 하였습니다.

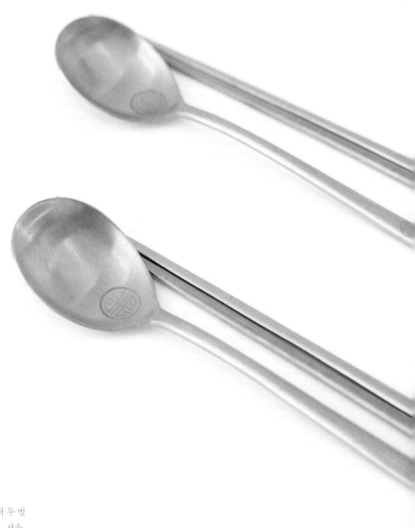

수저 두 벌
8년, 서울

29°

당신의 수저

———

10년 가까이 한솥밥을 먹던 부부가 이제는 남이 되었습니다. 남
편의 흔적이 빠져나간 시간과 공간은 저의 일상과 여유로움으
로 채워지고 있습니다.

하지만, 수저통에 담긴 이 물건. 그와 내가 사용했던 수저를 볼
때면 조금 쓸쓸해집니다.

다시는 그를 위해 요리를 할 일도, 그가 앉을 자리에 이 수저를
가지런히 놓아줄 일도, 빨리 오라고 기다릴 일도, 맛있게 먹는
모습을 보며 흐뭇해할 일도, 하나 남은 반찬을 두고 서로 먹으
라고 실랑이할 일도 없겠구나.

이 관계는 끝났고, 이 물건은 영영 주인을 잃은 채로 남겨지겠
구나 하는 생각들로….

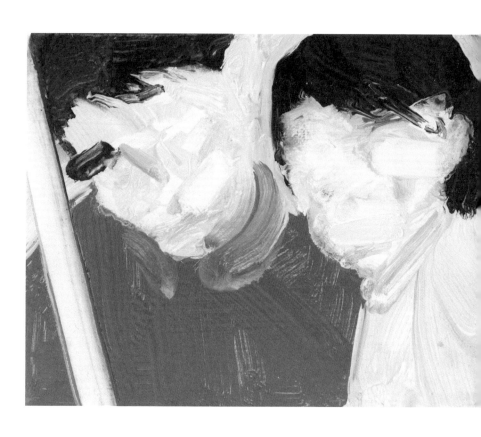

직접 그린 작은 그림
2015년, 서울

30°

그리다, 그리워하다

———

I love you so much.

I just can't love you anymore.

정확하게 같은 말은 아니지만, 언젠가 보았던 영화에서 잔상처
럼 남겨진 대사입니다. 안녕하세요. 잘 지내고 계신가요. 사실
이 물음에 대한 대답을 이미 알게끔나마 알고 있어요. 어젯밤에 버
터가 올려진 핫케이크가 너무 먹고 싶었다는 사실을, 며칠 전 나
를 그렸던 낙서들을 찾은 것을, 두 날 선쯤엔 친구의 웨딩사진
을 직접 찍어준 것도, 추워서 죽어가던 나무를 옮겼던 그 스케
이트보드를 작년 여름부터 타기가 힘들다는 것도 알고 있어요.
그리고 얼마 전 한 달 동안 치앙마이에 다녀오신 것도 보았어요.
우리는 함께 치앙마이에 가기로 했었죠. 나는 그곳에 가본 적이

없어서 얼마큼 아름다운지 알 수 없었지만 우리의 얼굴과 얼굴이 마주할 수 있었을 그때, 내게 이야기하는 당신의 입가를 보며 짐작할 수 있었습니다. 나는 그 입가를 평생 사랑할 수 있겠다고 말한 적 있었잖아요.

혼자 다녀온 치앙마이에서 무엇을 얻고 돌아왔는지, 당신은 집 안의 모든 것을 팔고 당신의 모든 것을 두 개의 배낭에 담은 후, 가난에 가난을 더해서 떠난다고 했어요. 서울에서 제주도로, 그리고 다시 한 번 더 치앙마이로. 그때까지만 해도 나는 그 계획을 실행하는 걸 망설였어요.

그런데 당신은 치앙마이에서 만났던 여행객 할머니를 만나러 가게 되었다고 기뻐하네요. 당신의 행로는 서울, 제주, 크로아티아 그리고 치앙마이. 그렇게 3년이 흘렀네요.

나의 계획의 행로에 놓인 건 우연입니까, 아니면 어디에도 적지 않은 나의 계획들을 보았나요.

나는 한동안 당신과 찍은 사진들을 볼 수도, 지울 수도 없었습니다. 그래서 그 사진들을 그리기 시작했어요. 그려진 그림은 지워질 수 있었어요. 그러니까, 모든 기억들이 그림이 된 거예요. 전에 말했었죠. '그리다'의 어원은 '그리워하다'라고.

나를 그린 낙서들 아래에 있던 타네다 산토카의 시, "모두 거짓이었다 하고 봄은 달아나버렸네."

당신은 늘 내 축의 중심에 놓여 있지 못했다고 생각했죠. 그래서 은근하고도 확실하게 무언가를 알려주고 싶어졌습니다.

우리의 얼굴과 얼굴이 마주할 수 없는 지금, 나는 우연에 우연이 겹친 것을 놓치지 않고 내 그림을 당신의 길목에 가져다 놓으려고 합니다.

우연의 가장disguise. 우리가 함께 찍은 사진을 그렸던 것이니까 아마도 당신은 알아볼 수 있겠죠. 만약 당신이 어제 아침 내가 빵 한 조각을 먹으며 산책한 사실을 알고 있다면, 며칠 전 길에서 만난, 이가 없는 할머니와 그녀의 손녀 이야기를 알고 있다면, 작년 봄에 집 앞에 찾아온 트럭에서 꽃 화분을 사온 것을 알고 있다면. 나의 우연의 가장에 우연으로, 혹은 의지로.

P.S. 실연의 물건을 보내는 것을 한동안 고민했는데 사랑했던 사람이 서울에서 제주도로, 그리고 가을쯤엔 크로아티아로, 그리고 마지막으로 치앙마이로, 그리고 그곳에서 오랫동안 지낼 것이라는 소식을 SNS를 통해 보고 우연과 우연이 겹쳐짐에 마음이 움직여제 실연의 물건을 보내고자 합니다.

우리의 얼굴과 얼굴이 마주할 수 없는 지금,

나는 우연에 우연이 겹친 것을 놓치지 않고

내 그림을 당신의 길목에 가져다 놓으려고 합니다.

DSLR 카메라(올림푸스 E-1)
2003년 6월~2008년 11월, 서울

31

벼락같은 첫사랑

———

첫눈에 반한 카메라였습니다. 물건을 구매하기 전 꽤 신중하게 고르는 성격인데 이 카메라는 예외였습니다. 당시 우월한 스펙을 자랑하는 타 브랜드의 카메라들을 구매할 수 있었으나 오직 눈에 들어오는 것은 이 카메라였습니다. 압권은 섹시한 디자인이었습니다. 무조건 손에 넣어야 하는 상황이었고 일말의 망설임도 없이 선택했습니다. 처음 카메라를 쥐었을 때의 짜릿함을 잊을 수가 없습니다. 온 세상을 손에 넣은 기분이었고 이 카메라와 함께라면 무엇이든 다 할 수 있을 것 같았습니다.

제 바람대로 우린 완벽한 파트너였습니다. 국내 구석구석을 다니며 수없이 많은 사람과 풍경 그리고 음식을 찍었습니다. 그 어떤 카메라도 같은 기간에 이런 성과를 이뤄내지 못했습니다. 해외 취재도 마찬가지였습니다. 물론 평소에도 가방에 넣어 다

넣고 운전 중에는 촬영이 가능하도록 조수석에 고이 모시고 다녔습니다. 저는 이 카메라와 함께 놀라운 결과물을 선보였고 비약적인 성장을 했습니다.

찬란한 시간은 계속될 줄 알았습니다. 그러던 어느 날 갑자기 단점이 보이기 시작했습니다. 지겨워진 것입니다. 타사 카메라에 비해 심한 노이즈가 눈에 거슬렸고 느린 연사 속도도 불만이 있습니다. 작은 LCD 화면과 화소 수 역시 제 작업에 제약이 되기 시작했습니다. 슬슬 다른 카메라에 눈이 가더군요. 그래도 정이 든 카메라라 마음을 다잡기 위해 새로운 렌즈를 구매했으나 그것도 임시방편이었습니다. 멀어진 마음은 자기합리화를 시도하더군요.

결국 모든 면에서 이 카메라를 압도하는 성능의 카메라를 손에 쥐게 되었습니다. 제게 벼락같은 첫사랑처럼 다가온 카메라와 아무 일 없었다는 듯 작별을 했습니다. 그럼에도 카메라를 버리지 못한 것은 실연의 아쉬움 때문이 아닐까 합니다. 남자는 첫사랑을 잊지 못하고 여자는 마지막 사랑을 잊지 못한다는 말이 있잖아요. 이제 제 곁을 떠나지만 저는 이 카메라와 함께한 5년을 여전히 잊지 못할 겁니다.

제게 벼락같은 첫사랑처럼 다가온….

아무 일 없었다는 듯 작별을 했습니다.

32

바다 너머

저의 고향은 경북 경산입니다. 굳이 고향을 언급한 것은 경상도
에 산다고 하면 대부분 떠오르는 이미지가 있기 때문입니다. 저
도 그리고 저의 아버지도 당연히 경상도에서 태어나고 자란 토
박입니다. 우리는 서로에게 과묵하고 잔정을 표현하지 못하는
그런 부자였습니다. 어릴 적에 아버지는 참 엄하셨습니다. 아
버지에 대한 많은 기억이 없지만 어릴 적에 혼나고서 집 밖으로
쫓겨났던 기억이 납니다. 어릴 적에 그런 아버지와 많은 대화를
나누지 못했던 것은 어쩌면 당연했습니다.

대학에 입학하면서 기숙 생활을 한 이후로는 늘 혼자 외지에서
생활했습니다. 한 지붕 아래서 아버지와 함께 생활했던 기간보
다 집을 떠나 혼자 생활한 기간이 더 깁니다. 더욱이 제주도에
있는 회사에 취직한 이후로는 일 년에 두세 차례만 고향을 방문

했습니다. 어릴 때는 무서워서 아버지와 가까워지지 못했는데, 철든 후에는 물리적으로 떨어져 지내다 보니 친해질 기회가 거의 없었습니다. 그래서 아버지에 대한 많은 기억을 가지고 있지는 않습니다.

그런 아버지께서 작년 여름에 소천하셨습니다. 돌아가시기 전 몇 년 동안은 파킨슨병으로 오래 고생하셨고, 가족들의 보살핌을 받기는 했지만 마지막 몇 달은 요양병원 신세를 져야 했습니다. 아버지와 깊은 유대감은 없었지만 병세가 깊어진 이후로 집에서 걸려오는 전화가 늘 불안했습니다. 그래서 혹시나 불길한 연락을 받았을 때 고향 가는 비행기 편을 바로 구하지 못하면 어쩌나 하며 걱정도 많이 했습니다. 마지막 몇 달 동안 한 달에 한 번꼴로 위급하다는 소식을 듣고 아버지를 찾아뵈었는데, 결국 6월 마지막 날 하늘의 부름을 받으셨습니다.

다행히 대구행 비행기 표를 쉽게 구했고 주변의 도움으로 아버지의 마지막 길을 잘 보내드렸습니다. 장례를 마치고 저는 다시 제주로 돌아왔습니다. 장례식 중에는 바쁘고 지쳐서 큰 상심이 없었는데, 제주에 오니 며칠 동안 비워뒀던 쓸쓸한 방으로 그냥 들어가는 것이 꺼려졌습니다. 그래서 공항 주차장에서 차를 찾고 바로 인근에 있는 이호항으로 향했고, 이 사진을 찍었습니다. 사진 찍는 것을 좋아했지만, 아버지의 생전 모습을 사진으로 남기거나 함께 사진을 찍지도 않았는데 말입니다. 아버님을 보내드리고 나서 홀로 이렇게 바다 너머로 지는 해를 바라보며 그를 그리워합니다.

— 사진
1977년~2015년. 제주

작은 장식품
46년, 경북 영양

33°

엄마의 손길

———

제가 6학년이 되던 해 3월 8일에 부모님이 모두 돌아가셨습니
다. 30년 넘게 세월이 흐른 후 작은댁의 오촌 아주머니께서 저
에게 작고 낡은, 별로 예쁘지도 않은 장식품을 손에 쥐여주셨습
니다. 제 부모님께서 신혼여행을 다녀온 후 사주신 선물인데,
그렇게 많이 이사를 다니면서도 없어지지 않고 존재했던 물건
이라면서 이제는 제가 가지고 있어야 하지 않겠냐고 하셨습니
다. 많은 세월이 흐르며 이리저리 치여서 볼품없어졌지만 부모
님, 특히 엄마의 손길이 느껴져 출근할 때마다 가방에 넣고 다
녔습니다.

하지만 이젠 제가 돌아가시기 전의 엄마보다 나이도 더 많아졌고
아이들을 키우면서 의연하게 마음속으로만 부모님을 조금씩 그
리며 살아야 할 때가 된 것 같아 박물관에 보내드리려고 합니다.

양말. 사진
약 3됭. 강원 원주

34°

벨라의 양말

———

이 사연이 채택되면 전시 후 꽤 오랫동안 제 기증품이 자그레브에 있는 것이 가능할 것 같아 지원하게 되었습니다. 제 물품은 양말입니다. 2014년~2015년 겨울, 제가 약 두 달 필리핀에 가 있는 동안 우리 집에 어린 강아지 한 마리가 왔습니다. 이름은 '벨라'라고 지었습니다. 벨라는 시베리안 허스키입니다. 아파트에 사는 것도 그렇고 집안 사정이 풍족한 상황이 아니어서 귀국 후엔 앞으로 엄청 커질 강아지가 집에 있다는 게 짜증났습니다. 하지만 개를 좋아하는 성격에 금방 친해졌고 벨라도 저와 산책을 다니며 저를 잘 따랐습니다. 넓은 마당이 있는 집이 아니고 어리지만 워낙 큰 품종이라 집에서 해줄 수 있는 것은 양말을 가지고 물어뜯게 하는 놀이였습니다. 벨라도 양말 놀이를 좋아했는데 4월 어느 날 새벽 밖에서 놀자고 보채는 벨라를 데리고

141

아빠가 넓은 풀이 있는 곳으로 데리고 나가서 놀다가 사고가 났습니다. 뺑소니였지만 잡지 못했고 벨라는 즉사했습니다.

그 후 벨라를 화장시켰고 봉안당에 약 6개월간 안치했지만 저는 단 두 번밖에 가보지 못했습니다. 슬픔은 점점 가라앉았지만, 봉안당에 가면 그곳에 있는 벨라의 뼈 항아리와 사진을 봐야 했습니다. 무지개다리를 건넌 후 놀아줄 사람이 없는 어떤 곳에서 외로이 있을 벨라를 위해 봉안당에 새 양말을 가져다 놓았었습니다. 하지만 대학교를 다니며 아무것도 모르는 주변 사람들을 대하려면 평소와 같아야 했고, 저는 벨라에 대한 슬픔을 잊기 위해 더 이상 봉안당에 갈 수 없었습니다.

취직을 하고 돈을 벌면 벨라와 바다도 가고 여행도 가고 싶었는데 이제 그렇게 할 수가 없습니다. 봉안당에 두었던 벨라의 새 양말과 사진이 전시되고 그 후에 자그레브에도 가게 되면 제가 나중에 자그레브의 박물관에 갔을 때 그곳에서 벨라와 함께 있는 것처럼 느낄 수 있을지도 모르겠습니다.

우리 집에

어린 강아지 한 마리가 왔습니다.

이름은 '벨라'라고 지었습니다.

벨라는 시베리안 허스키입니다.

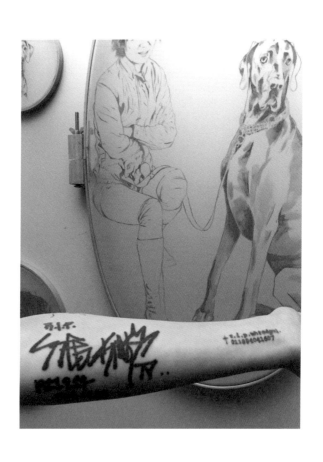

문신 사진
할아버지/1987년~2011년, 개/2003년~2013년, 친구/2003년~2012년, 미국 뉴욕

35°

상실과 치유의 문신

———

가끔 아픔을 우리 내면에서 꺼내게 되면 다루기가 쉬워집니다.
그 아픔이 외면으로 드러나게 된다면, 우리가 아픔을 먼 거리에
서 들여다보고 맞서기가 더욱 쉬워집니다. 저는 문신을 통해 제
가 잃은 것들을 기리고 치유를 합니다. 제 오른쪽 팔에는 암으
로 죽을 때까지 10년 동안 키웠던 130파운드 반려견의 발자국
이 있습니다(사진에는 제 어머니가 그린 그림과 함께 보입니다). 제
왼쪽 팔은 '죽음'을 상징하는 팔로, 제 외할아버지('철강왕'이라
는 별명을 갖고 있습니다), 몇 년 전 스마트폰을 훔치려는 강도들
에게 총에 맞아 죽은 제 친구를 포함하여 제 인생에서 잃은 여
러 사람들을 기리고 있습니다.
제 문신은 이 관계들을 상기시키며 동시에 새로운 관계를 형성
하고 과거의 관계들을 잊도록 도와줍니다.

─ 성경
2011년~2013년, 서울

36°

성경

――――

그와 처음 만난 건 2011년 여름이었습니다. 차 사고로 인해 우
연히 만나서 자연스럽게 친해진 우리는 몇 번의 데이트 후에 연
인으로 발전하게 되었습니다. 독실한 기독교 신자였던 그와 함
께 주말마다 교회를 같이 다니면서 종교가 없던 저에게 종교에
대한 또 다른 시각과 믿음을 가지게 해주었습니다.
지금은 그와 헤어졌지만 그가 저에게 준 저의 첫 성경을 기증하
려고 합니다.

러닝에 특화된 양말, 러닝에 사용하는 암밴드와 반바지

2013년 4월~2013년 9월, 그리고 2015년 9월, 서울

37°

사라진 남자

———

지구 반대편에 살던 한 남자가 제가 있는 쪽으로 여행을 왔습니다. 우리는 홍대의 한 막걸리 바에서 만나 한눈에 서로에게 빠져들었습니다. 당연히 처음에는 그저 한날의 유희라 생각했습니다. 지구 반 바퀴라는 거리와 여덟 시간이라는 시차는 분명 우리의 관계를 가혹하게 만들 것이라 생각했습니다. 그래서 서로의 손을 잡을 수 있는 동안 최선을 다해 행복하기로 했지요. 광화문 거리를 거닐고 저가는 벚꽃을 석양 속에서 바라보며 아쉬워했습니다. 부산의 바다를 바라보며 캔맥주를 마시며 사랑을 속삭였습니다. 똑같은 옷을 맞춰 입고는 키득거렸지요. 그리고 우리가 헤어져야 할 시간이 점점 다가오고 있었습니다.

사실 그에게는 세 살 때 만리타국으로 입양된 경력이 있었습니다. 굉장히 조심스럽게 저에게 생모를 만날 때 함께해줄 수 있느냐고, 자신의 말을 그녀에게 전해주고 그녀의 말을 자신에게 전해줄 수 있느냐고 물어왔습니다. 저는 흔쾌히 그 부탁을 들어주었습니다. 그의 생모를 만난 날 그녀는 저에게 여태까지 한 번도 털어놓지 않았던 수많은 이야기들을, 그가 입양 가기 전에 보냈던 삶에 대해 저에게 들려주었습니다. 많은 이야기들을 옮기는 순간순간, 자주 멈칫했던 기억이 납니다.

그리고 그는 다음 날, 집으로 돌아가는 비행기를 놓쳤습니다. 갑자기 선물처럼 찾아온 이틀이라는 시간 동안 우리는 마치 홀린 사람들처럼 서로에게 깊숙이 빠져들고 말았지요. 그가 돌아간 후 한 달이라는 시간 동안 떨어져 지냈지만, 매일 영상으로 통화하고 서로의 안부를 물었습니다. 이렇게 떨어져 지내는 것이 너무 힘들었습니다. 스케줄이 자유로운 제가 그가 있는 곳으로 떠났습니다. 3개월. 제가 그와 그의 집에서 함께 지낼 수 있는 시간이었습니다.

그는 달리기 중독자였습니다. 그의 집에는 커다란 공원이 있었고 그는 일주일에 세 번 15킬로미터 정도를 뛰었습니다. 저는 사랑하는 그를 이해하고 싶었고 그와 함께 달리고 싶었습니다. 물론 달리기의 'ㄷ'도 싫어했던 저에겐 쉽지 않은 미션이었지만, 그가 자신의 속도로 공원을 달리는 동안 저도 함께 나가 저만의 속도로 그곳을 달렸습니다. 물론 쉽지 않았어요. 하지만 10분, 20분, 점차 쉬지 않고 달릴 수 있는 시간이 늘어갔습니다. 그도 그런 제 모습을 독려하기 위해 달리기에 최적화된 양말과 달리기할 때 입을 수 있는 옷과 리듬을 타고 달릴 수 있도록 힘을 북돋기 위해 아이폰을 넣어 팔에 고정할 수 있는 암밴드를 선물해줬습니다. '마룬파이브', '바흐' 혹은 '모차르트', '쇼팽'이 흐르는 동안 공원이 나의 속도로 흘러갔고 이따금 마주치는 연인의 달리는 모습은 그저 아름답기만 했습니다. 눈이 마주치면 아무리 힘들어도 환하게 웃으며 손을 흔드는 모습은 지금까지도 제 머릿속에 깊이 각인되어 있습니다.

3개월이 다 되어갈 즈음 저도 마침내 쉬지 않고 공원을 한 바퀴 반 정도 달릴 수 있게 되었고 우리는 미래에 대해 이야기하기 시작했습니다. 피앙세 비자와 제가 그곳에서 살게 되면 할 수 있는 일들에 대해서, 직장 상사와의 미팅까지…. 우리에게 새로운 앞날이 펼쳐질 것이라고 생각했지요. 그렇게 저는 다시 지구 반대편으로 돌아와 새로운 앞날을 위한 준비를 시작했습니다.

하지만, 그렇지만 말입니다. 역시 우리 사이에 놓인 지구 반 바퀴라는 거리와 여덟 시간이라는 시차는 우리의 관계를 좀먹게 했습니다. 아니 그건 그냥 제가 생각하고 싶은 이유이고 팩트는 사랑이 끝났다는 것이었습니다. 어느 한쪽의 사랑이 끝난다면 관계는 끝날 수밖에 없지요. 다만 슬펐던 것은 그가 제 인생으로부터 그냥 사라지는 방법을 택했다는 겁니다.

그가 살아 있다는 것을 입증할 방법들은 많았지만 그는 저와 관계된 어떤 연락도 취하지 않았습니다. 저는 이후 굉장히 힘들고 괴로운 나날을 보냈습니다. 치유와 회복에 꽤 많은 시간과 에너지가 들어갔지요. 그래도 끝내 극복해냈습니다. 그리고 새로운 사랑도 만났습니다. 그와 헤어진 지 정확히 2년째 되던 날 찾는 사람이 몇 명 없는 종로의 영화관에서 애인과 그리 알려지지 않은 영화를 한 편 보기로 했어요. 그런데 애인이 화장실에 간 사이 저는 놀라운 경험을 하게 됩니다. 헤어진 그와 너무나도 똑같이 생긴 사람을 보게 된 거예요. 착각일 거라고 생각했습니다. 꽤 흔한 이미지였던 그를 닮은 사람은 세상에 얼마든지 많으니 그중의 한 사람일 거라고 스스로를 진정시키며, 돌아온 애인과 상영관에 들어갔습니다.

그런데요. 그 남자가 영화관에 들어오더군요. 저와 애인, 다른 두 커플, 그 남자. 일곱 명이 보는 영화관에 말입니다. 아무리 생각해도 정말 똑같이 생겼더군요. 다시 애써 무시하고 영화에 시선을 고정했습니다. 영화가 끝나고 엔딩 크레딧이 올라가는데 저는 호기심을 참지 못하고 그 남자를 쳐다봤고 그도 저를 봤습니다. 눈이 마주치는 순간 그가 다시 스크린으로 시선을 돌리더니 조금 뒤 벌떡 일어나 황급히 상영관을 나갔습니다.

그 남자는 제가 2년 전에 헤어졌던 그 사람이었던 겁니다. 심장이 뛰고 다리가 후들거렸습니다. 애인은 자꾸만 왜 그러냐고 물어봅니다. 지하철역으로 내려가는데 지도 앞에서 자꾸만 뒤를 돌아보는 그 남자와 다시 눈이 마주쳤습니다. 저와 다시 눈이 마주친 뒤로는 절대 뒤를 돌아보지 않던 남자. 바로 그 남자였습니다.

슬펐네요. 잊을 수 없는 추억을 마음에 각인시킨 남자가 저렇게 비겁한 사람이었다는 것이. 기뻤네요. 덕분에 저는 완전히 그에 대한 미심쩍었던 마음을 정리할 수 있었습니다.

다 버렸다고 생각했는데 제가 끝내 버리지 못했던 달리기와 공원에서의 추억을 동봉합니다.

Citadelle 성채 1 생텍쥐페리 지음
배영란 옮김 | 이림니키 그림

Citadelle 성채 2 생텍쥐페리 지음
배영란 옮김 | 이림니키 그림

215 성채 1

216 성채 2

38°

읽지 못한 책

────

한 모임에서 만나 가까운 사이가 된 사람이 있었습니다. 본인이
어려서부터 마흔이 될 때까지 매년 읽는 책이 있다고 했습니다.
그 책이 뭐냐고 물으니까 대답은 않고, 나중에 그 책을 저에게
선물하겠다고만 말했습니다. 새 책이 아닌 어려서부터 읽던 그
책을. 시간이 흘러 만나기로 약속한 날 제가 약속장소에 나가지
않았습니다. 실망한 부분들이 보여서 헤어져야겠다는 결심을
한 무렵이었고, 일 때문에 갈 수도 없게 되었습니다. 그는 갑작
스러운 연락 두절에 보름 이상 연락을 해왔지만 나는 받지 않았
습니다. 한 달쯤 지났을까 이메일이 왔는데 그날 사실은 저에게
책을 주려고 들고 나갔었다는 내용이 있었습니다. 그렇게 알게
된 책의 제목은 『성채』였습니다.
작가 이름은 따로 없어서 같은 제목의 이름을 찾아 모두 구매했

습니다. 『성채』라는 제목으로는 A. J. 크로닌과 생텍쥐페리 두 작가의 책이 있었습니다. 그 사람 인생에서 중요한 책이라 궁금해서 막상 구매 하기는 했지만, 읽고 난 뒤 그를 완전히 이해하게 되거나, 제 선택을 후회할까 봐 두려워서 3년 정도의 시간이 흐르는 동안 읽지 않고 가지고만 있었습니다.

책꽂이에 꽂힌 책을 보면 아직도 읽어볼 자신이 없습니다. 어딘가에 깊이 묻어두고 싶네요.

39°

첫사랑, 편지

___

제가 기증하고 싶은 물건은 3년 전 졸업식 때 첫사랑에게서 받
은 편지입니다. 3학년이던 당시 초중반에 했던 첫사랑과 짧은
연애는 (지금 생각해보면 그게 연애인지는 모르겠지만요) 애타게 기
다리던 시간이었지만 다른 그 어떤 것보다 이별은 참 쉽고 짧았
습니다. 그 후에는 그 친구와 반도 같았기에 매일 그 친구 얼굴
을 봐야 했는데 회상하기 어려운 기억으로 남아 있습니다. 학교
를 떠난 후 그 친구에 대해 잊으려 했습니다. 그렇지만 남자의
첫사랑은 잊을 수 없다고 했던가요? 가끔 생각날 때면 제가 했
던 바보짓과 허세에 이불을 발로 찹니다. 그리고 시니컬해져서
새벽을 꼴딱 새우곤 하죠.
제가 가지고 있는 그 친구의 유일한 물품은 졸업식 때 친구가
준 작은 상자와 그 안에 든 편지입니다. 사실 상자 안에는 편지

와 함께 샤프 등 여러 물건이 있었는데요. 혹시라도 생각날까봐 상자에 담긴 물품들은 모두 지인들에게 사연을 밝히지 않고 나눠준 후, 전 편지만 가졌습니다. 지금껏 보관해오던, 그리고 그녀와 저를 이어줬던 마지막 물건인 이 편지를 전시에 보내며 제 첫사랑을 보내려고 합니다.

40°

여덟 개의 물건

———

인형. 전 남자친구와 사귀고 난 후 맞은 첫 번째 화이트데이에 받은 토끼 인형과 두 번째 생일에 받은 토끼 모양 쿠션입니다.

향수. 동갑이라 함께 맞은 성년의 날 서로 교환했던 선물입니다. 둘 다 학생이라 비싼 향수는 못 사고 싼 향수를 두 개 사서 나눠 가졌어요.

팔찌 1. 둘 다 성당을 다녀서 축일 선물로 받은 묵주 팔찌입니다. 생각지도 못했던 깜짝 선물이라 정말 좋았었던 기억이 나네요. 지금은 성당에 잘 가지 않지만 가지고 있는 묵주 팔찌 중 가장 열심히 묵주기도를 했던 팔찌입니다.

팔찌 2. 세계청년대회WYD라는 성당 행사로 함께 갔던 브라질에서 커플로 맞춘 묵주 팔찌와 원석 팔찌입니다. 원석 팔찌는 브라질 깜삐나스에 있던 시장에서 제가 직접 고르고 구입했어

인형/향수/팔찌/수면등/상자
2년 3개월, 서울

요. 묵주 팔찌는 둘이 함께 정말 고심해서 골랐습니다.

수면등. 처음으로 혼자 살게 된 저를 위해서 밤에 잘 때 무섭지 말라고 준 수면등입니다. 밤에는 방에 빛이 아예 들어오지 않아서 깜깜했는데, 수면등을 켜놓고 자면 흐릿하게나마 별이 보였어요.

상자. 전 남자친구와 사귀고 한 달도 안됐을 때 맞은 빼빼로데이에 처음으로 받은 선물(빼빼로)이 들어 있었던 상자입니다. 원래는 뚜껑에 편지를 써서 붙여줬는데 편지는 떼어버리고 상자만 가지고 있었어요.

—— 물이 담긴 소주
  5년, 서울

41°

금주

___

저는 술을 좋아하는 경향이 있습니다. 원래부터 친구들과 마시
는 것을 즐겼고, 집에서도 맥주 한 캔 정도 가끔 마셨습니다. 하
지만 학업 때문에, 그리고 일 때문에 스트레스가 너무 많고, 생
각도 너무 많아져 점점 술을 많이 마시게 되었습니다. 집에서
몰래 마셨습니다.

가끔씩 마셨던 맥주 한 캔은 두 캔, 세 캔으로 늘어나게 되었고,
맥주로도 해결되지 않아 소주를 거의 매일 한 병씩 마시게 되
었습니다. 밤늦게 슈퍼 문이 다 닫히고 소주가 없으면, 어머니가
요리용으로 사놓으셨던 소주를 마시고 마신 것을 들키지 않도록
새로운 소주를 사서 바꿔놓기 전 빈 소주병 안에 물을 채워 넣었
습니다.

술 때문에 필름도 많이 끊기고 아침에는 속이 너무 쓰렸습니다.
이제는 건강한 삶을 살려고 금주를 시도하고 있습니다. 제 부끄
러웠던 과거를 청산하고자 물을 담아놓았던 소주를 보냅니다.

소주를 사서 바꿔놓기 전

빈 소주병 안에 물을 채워 넣었습니다.

유리병에 든 사탕
1년, 서울

42°

유리병에 든 사탕

———

화이트데이에 받은 선물이다. 유리병 속 사탕을 천천히 한 알씩
꾸준히 꺼내먹곤 했는데 시간이 흐른 지금은 그 개수가 줄어들
지 않는다. 더 이상 먹고 싶지 않아서겠지.

다 마신 와인병과 종이컵
16개월. 서울

43°

종이컵 와인의 맛

———

와인병과 종이컵은 당신과 함께했던 추억입니다. 선득거리던 심장과 분위기가 참 좋았습니다. 당시 필요한 건 와인잔이었지만 당신은 어디서 종이컵을 구해왔습니다. 보잘것없어 보였을 테지만 저는 참으로 행복했습니다. 고리타분한 정치 애기도 당신이었기에 저는 마냥 행복했습니다.

11월이었던가. 마음이 언제부터 변하셨나요. 어리숙하게 당신의 마음을 시험해보고 싶었던 게 문제였나 봅니다. 서로에게 아무 연고도 없었지만 당신을 믿었다고 하고 싶습니다.

보잘것없어 보였을 테지만
저는 참으로 행복했습니다.
고리타분한 정치 얘기도 당신이었기에
저는 마냥 행복했습니다.

전 남자친구가 준 후드 티
2년, 미국 로체스터

44°

관계의 후드 티

———

저는 현재 미국에서 대학을 다니고 있어서 한국 대학생과는 약
간 다른 연애를 했습니다. 저는 대학생활을 시작한 지 2~3주
만에 만나서 2년 동안 사귄 교포 남자친구가 있었습니다. 입학
전 한국에서 신입생 환영회 때 만난 후 미국에 와서 사귀게 되
었습니다. 알고 보니 저랑 사귀면서도 제가 보는 앞에서 다른
여자들을 좋아하고, 절 내팽개치고 다른 여자들을 만나러 다
니던 사람이었습니다. 제가 공개연애를 하자고 했지만 한사코
반대하면서 내내 비밀 연애를 했기 때문에 다른 사람들은 몰
랐겠죠.

하지만 그래도 저한테 잘해주기에, 제 인생에서 제대로 된 첫
번째 연애이기에, 저한테 맨날 미래를 약속하고 미래에 대해서
말하던 사람이기에, 제 모든 걸 줄 수 있었던 사람이었습니다.

하지만 서로에게 모든 걸 맡기고 만난 2년이란 시간이 저한테는 돌이킬 수 없는 너무나도 큰 상처로 돌아왔고, 한때는 저의 모든 것이었던 사람이 이제는 제 인생을 망쳐버린 사람이 되었습니다. 2년이라는 긴 시간 동안 웃고, 울고, 싸우고, 미워하고, 고마워하고, 사랑하던 시간에서도 작은 헤어짐이 있었지만, 그는 항상 같이 있었습니다. 하지만 2015년 10월 초, 정말 마지막을 맞이했네요.

저와 그 사람이 같이 즐겁게 보낸 주말 다음 날이었습니다. 정말 뜬금없이 문자로 우리는 사귀는 게 아니라 '데이팅'이라고 말하더군요. 미국에서 '데이팅'이란 사귀는 관계가 아닌 그냥 정말 데이트만 하는 사이를 말하는 거죠. 저는 그때 회의 중이었는데 너무 어이가 없어서 끝나고 바로 만나자고 했고, 제 방에 와서 얘기를 했어요. 근데 그때 하는 말이 헤어지자고 하는 겁니다. 전날까지만 해도 저랑 같이 놀고 밥 먹고 자고 해놓곤. 떨어진 지 일곱 시간 만에 저한테 하는 말은 '헤어지자'였죠. 그리고 하는 말이 "난 그래도 네가 좋아. 그니깐 헤어진 거지만 우리는 같이 밥도 먹고 얘기도 하고, 만날 수도 있고, 가끔은 데이트도 하고. 그렇게 친구로 지내자."였습니다. 그 말을 들었을 땐 '그렇게 해서라도 오빠를 볼 수 있다면 그렇게 해야겠다. 친구라도 지내야지. 우리 얼굴 보고 살 거 아냐.'라고 생각을 했어요. 전 그때도 그 사람을 사랑하는 마음이 있었기에 우리 다시 만나면 안 되냐고, 다시 시작해보자고, 정말 다 잊고 해보자고 울면서 물어보았지만 안 되더라고요. 그건 싫대요. 그래도 전 제가 더 좋아하니까 그냥 그 사람 말에 따르기로 했어요.

그렇게 며칠이 지나고, 문자를 해도 답장을 잘 안 해주고, 전화를 하면 왜 전화하냐 하고 되물었습니다. 본인이 친구로 하자고 해서 친구처럼 대하면 제가 아직 사귄다고 착각하는 줄 알더라고요. 물론 저는 어떻게 해서든 다시 관계를 되돌리고 싶었어요. 그래서 더 잘해주기도 했는데 2년 동안 사귄 사람이었고 저한테 항상 둘의 미래를 얘기했던 사람이라 이렇게 쉽게 놓을 관계는 아니라고 생각했죠. 헤어지고 나서도 만날 때가 있었는데, 제가 원할 때가 아니라 그 사람이 원할 때만 그 사람이 원해야만 만날 수 있었고요. 전 만나자 하면 일은 제치고 우선 만났어요. 이렇게라도 하면 다시 사랑할 수 있을까 하고요. 그러면서 그 사람은 자기는 누구와도 지금은 사귀지 않겠다. 난 너를 아직 좋아하고 아낀다. 이런 식으로 말해놓곤, 맨날 여자인 친구들이랑 엄청 다니더라고요.

하루는 밤에 친구들이랑 어디 갔다가 오는 길인데 바로 옆 반대편으로 걸어오는 그 사람이 보였고, 인사를 하려고 보니 어떤 여자와 대화하면서 웃으면서 지나갔습니다. 눈을 마주쳐도 인사를 안 하길래 저도 안 했어요. 방에 와서 문자랑 전화를 해서 왜 이제는 인사도 안 하냐고 하니까 자기는 저를 본 적 없다고 오히려 저한테 화를 내더라고요. 네가 뭔데 나한테 그러냐. 저는 이때 바보같이 내가 또 실수를 했구나. 이러면 점점 멀어지기만 할 텐데. 내가 미안하다고 해야겠다. 그래야지 이 사람의 마음이 조금이라도 돌아오겠지 하면서 또 제가 미안하다고 하며 자책하고 매일같이 울었죠.

헤어지고 난 뒤 정말 매일매일을 울었던 거 같아요. 노래가사처럼 술도 마셔봤지만 전혀 도움도 안 되고, 아무도 만나기 싫어서 방에만 있고 컴퓨터만 하고 잠도 못 자고 그러다가 하루는 그 사람한테서 연락이 왔어요. 밥을 먹자고. 그래서 전 먹기로 했죠. 그 날이 기말고사가 시작하기 바로 전 금요일이었어요. 전 월요일까지 파이널 프로젝트부터 시험까지 다 있었고요. 그 사람과 점심을 두시 반에 먹기로 하고, 프로젝트 수업을 담당하는 교수님과는 두시에 만났습니다. 이후 약속 장소로 갔는데 두시 반을 넘어버렸죠. 하지만 저도 제 성적이 걸린 약속이라 늦을 수밖에 없었고, 그 사람은 아무런 연락이 없었기 때문에 아직 도착 안 했나 보다 하고 있었어요. 그런데 15분쯤 늦게 도착해서 연락하니까 이미 밥을 거의 다 먹었대요. 저랑 같이 먹기로 하고 연락도 없이 혼자 다 먹었다고 해서 저는 화가 났죠. 먼저 와 있다고 하든지 아니면 먼저 먹겠다고 문자 하나만 해도 되었을 텐데 안 하고 오히려 저한테 화를 내더라고요. 물론 저도 미안하다고 했지만 교수님 말씀하시는데 중간에 저 가야 한다고 그럴 수 있는 상황이 아니었어요.

헐레벌떡 그 사람이 있는 곳으로 갔더니, 정말 밥은 거의 다 먹고 화가 나 있는 표정으로 제 친구 한 명이랑 있더라고요. 제가 왜 우리 둘이 밥 먹는 자리에 저 친구가 있냐고 하니까 하는 말이 저 친구가 없으면 제가 또 울면서 다시 만나자 이런 허튼소리 할까 봐래요. 전 이게 더 화가 나더라고요. 전 약속 전날인 목요일 밤 혼자서 엄청 울고 만나서 시험공부는 어떻게 되는지, 잘 지내고 있는지, 그런 것들만 물어볼 생각이었거든요. 그런 식으로 절 생각했다는 거에 대해 너무 화가 나 있었는데 오히려 저한테 뭐라 뭐라 하기만 하는 거예요. 그래서 공공장소였지만, 정말 그때 거기에 있던 모든 분들께 죄송하지만, 둘이 정말 대놓고 고래고래 싸웠습니다. 그리고 그때 그 사람은 화난 저에게 기름을 붓더라고요. 그는 2년 동안 저한테 거짓말을 했고 저는 그 말 한마디에 너무 상처를 받아 더 화가 났습니다. 싸우다가 제 말은 안 듣고 그냥 가버리는 그 사람을 못 가게 붙잡고 엄청 싸웠습니다.

한 십 분이 지났을까. 그 사람이 갑자기 어디에 전화를 하더라고요. 알고 보니 우리 학교에 있는 카운슬러였습니다. 아마도 헤어진 뒤에 저 땜에 힘들다고 학교 카운슬러에 얘기를 해놨나 봐요. 전화내용이 지금 전 여자친구가 난리를 피운다는 내용이었고, 곧이어 학교 경찰이 왔습니다. 저는 경찰한테 붙잡혔고 그대로 문제가 있다고 여겨져서 학교 정신병원으로 보내졌습니다. 그 사람은 저한테는 자신의 아버지께서 다른 여자와 사귀면 학비도 안 내주신다 하면서 저한테 화도 내고 협박도 했는데, 제가 경찰한테 붙잡히고 나니 다른 여자와 같이 웃으면서 걸어가더라고요.

그리고 전 시험 3일 전에 정신병원에 갇혔습니다. 의사들은 제 말을 안 믿고 제가 문제를 일으킬 거다, 자살할 거다 하면서 병원에서 못 나가게 했습니다. 심지어 핸드폰과 노트북을 다 뺏

겨서 프로젝트는 물론 기말고사 공부도 하나도 하지 못하게 되었어요. 미국은 한국과 다르게 의사를 만나기가 쉽지 않아서 전 첫 번째 의사를 보기까지 거의 일곱 시간을 기다려야 했고, 그 다음 의사도 같은 시간을 기다려야 했어요. 첫 번째 의사가 제 친구들이 와서 제가 자살을 안 할 것이라는 증명을 하면 보내준다고 했는데, 두 번째 의사한테 그 말을 전하지 않고 그대로 퇴근을 했습니다.

제 친구들이 밤 열시가 넘어 와줬는데 두 번째 의사가 새벽 세시에 절 보고는 못 나간다고 하더라고요. 제 친구들은 시험 기간에 여섯 시간이나 저를 위해서 기다려줬는데, 결국 그냥 새벽 세시에 다시 학교로 돌아가야 했고요. 전 남아서 의사를 한 명 더 만나야 하는데 그게 아침 아홉시를 넘어서야 가능하다고 하더군요. 전 의사에게 시험 기간인데 제발 나 좀 나가게 해달라고, 학부생에게 성적은 정말 중요하다고 하면서 빌었습니다. 하지만 의사는 제가 정신적 문제가 있다면서 대화를 거부하고 병원 직원들과도 대화하지 말라고 하더군요. 병실에는 스스로 자해해서 피를 흘리는 사람과 남자분들만 있어서 정말 무서웠어요. 그런데도 거기서 하룻밤을 지내야 한다는 거예요. 아무런 조치가 없이 말이죠. 전 좌절감에 빠졌습니다.

새벽 다섯시 반이 넘어서 잠깐 잠이 들었고, 두 시간 후에 전 다른 방으로 옮기게 되었는데, 정신병원이라고 제 발로 못 걷고 휠체어를 타고 간호사 한 명과 경찰 한 명과 함께 이동해야 했어요. 저는 멀쩡했고 문제가 있는 것도 아니었지만, 병원에서 강제하니까 어쩔 수 없이 따라야 했습니다. 제가 간 곳은 어떤 병실이었는지는 모르겠지만, 제가 원래 있던 병실에서 무서워해서 안전상의 이유로 옮겨준다는 말을 하더군요. 다행히 거기는 개인 침실이 있는 네 명만 쓰는 병실이었고요. 마음이 놓여서 조금 잠을 청한 후에 의사를 두 명이나 더 만나고서야 진단이 끝났습니다. 그때가 토요일 오후 두시 혹은 세시쯤이었습니다. 저는 바로 퇴원할 줄 알았는데 알고 보니 이후에도 서류 작성하고, 카운슬링도 받아야 했어요. 결국, 퇴원은 저녁 일곱시에나 할 수 있었습니다. 심지어 경찰이 기숙사 앞까지 저를 데려다주었죠.

기숙사로 돌아오고 나니 너무 어이가 없었습니다. 정말 한순간 그 사람 전화 한 통에 학교에서 문제아가 되어 있었고, 학교 직원은 제 말이 다 틀렸다고 하더라고요. 그 사람 말이 다 맞는 것처럼 되어버렸고요. 토요일 밤에 기숙사로 돌아왔지만 정신 차리고 프로젝트를 마저 끝내고 다른 공부를 하려고 했어요. 하지만 전혀 집중이 되질 않더군요. 제가 무슨 죄로 그 정신병원에 갇혀 있었어야 했나 싶더라고요. 부모님이 전화로 왜 어제 연락이 없냐고 묻는 말에는 그냥 바쁘다고만 하고 말았습니다. 그 다음 날 학교 경찰로부터 그 사람한데 연락을 할 경우 전 정말 체포된다고 하는 경고문 메일을 받았고, 그날부터 그 사람의 이름이 쓰여 있는 글을 읽거나 보면 잠을 며칠 안 자도 나지 않던 코피가 나기 시작했어요.

기말고사는 두 과목 빼고 거의 엉망으로 끝을 내고 아무것도 안

보고 한국으로 향했습니다. 겨울방학이라 잠깐 한국에 갔거든
요. 한국에서 부모님에게는 그냥 헤어졌다고만 말하고 다른 말
은 하지 않았습니다. 아니 못했죠. 이걸 말하면 세상에 어떤 부
모님께서 좋아하실까요. 한국 가서 친구들한테만 털어놓고 그
사람이 아예 없는 한국에서 지내니 좀 나아질 때 즈음 미국으로
다시 돌아왔습니다. 그러고 나서 받은 편지가 있었는데 병원에
서 온 편지더군요. 청구서였죠. 한국 돈으로 거의 350만 원. 전
우울증이라고 말도 안 되게 판결을 받고 시험은 다 망치고 제
의지와 다르게 정신병원으로 끌려갔는데 저한테 돈을 내라고
하더라고요. 세상에 어느 학부생이 350만 원이 수중에 있겠어
요. 보험회사에 전화하고 며칠을 보험회사와 학교 병원과 전화
하면서 학교에 다녔습니다. 다행히 제 보험이 거의 커버가 가능
하다고 연락이 와서 마음 놓고 있었는데, 2주 후 구급차회사에
서 또 청구서가 날아왔습니다. 구급차를 경찰이 태워 보냈는데
그것마저 제 돈으로 해결해야 하는 거였어요. 결국 이것 때문에
또 보험회사와 구급차회사랑 연락하며 학교에 다녔죠. 이것도
보험이 해결해줘서 전 정말 다행이다 하고 지내고 있는데, 한두
달 뒤 병원에서 또 청구서가 날아왔습니다. 25만 원을 내래요.
25만 원은 보험비로 커버가 안 되었나 봐요. 다행히 그때 모아
둔 돈이 있어서 가족한테 아무 말 없이 지불을 했고요. 이게 바
로 2주 전 일입니다.

만날 당시에 저한테 미래에 대한 얘기를 매번 꺼내고 결혼 날짜
부터 어떤 집에서 어떻게 살고 하는 얘기를 자주 하고 저보고

미래에 대해서 걱정하지 말라고, 항상 자기가 곁에 있을 거라고, 저에게 자신의 마지막 여자가 되어달라고 했던 사람이 이렇게 인생에서 바닥을 치게 할 줄은 몰랐습니다. 이 기회로 저는 배운 것도 많지만 잃은 것이 더 많다고 할 수 있겠네요. 헤어진 바로 뒤에는 좋은 추억으로 남기고 싶었지만 지금은 애초에 존재하지 않았던 기억이었기를 바라고 있습니다. 저같이 이런 일을 당하는 분이 없길 바라면서 용기 내서 제 이야기를 기증해봅니다. 기증하고 싶은 물품은 그 사람이 저에게 선물로 준 후드티인데요. 제가 좋아하지 않고 오히려 꺼리는 스타일을 사줘서 마음에 별로 안 들어 하던 옷이에요. 그 사람과 저의 관계를 잘 나타내주는 옷입니다. 게다가 이 옷을 그 사람의 여자사람 친구가 다른 색으로 입고 있는 걸 보았어요. 우연인지 아니면 여자사람 친구가 그에게 옷 어디서 샀느냐고 물어봤는지 모르겠지만, 기분이 상했던 거라 갖고는 있지만 갖고 싶지 않은 옷이에요. 제가 겪은 이별 얘기처럼. 그래서 보내고 싶습니다.

때밀이 인형
3년. 서울

45°

아! 시원해

———

남자친구의 별명은 판다였다. 나는 판다 모양 제품을 보면 모조리 사 모으곤 했다. 때밀이 인형도 단지 그 이유 하나만으로 샀던 물건 중 하나이다. 인형의 용도는 때를 미는 것이지만, 나는 이 인형으로 한 번도 때를 밀어본 적이 없다. 당시에는 이렇게 귀여운 그를 닮은 인형으로 때를 밀 엄두는 나지 않았나 보다. 하지만 이제 너에게도, 너를 닮은 인형에게도 이별을 고해야겠다. 처음이자 마지막으로 이 인형으로 내 몸의 때도, 너에 대한 기억도 시원하게 밀어버렸다.

시원하다!

185

—— 잡지 《도베DOVE》

2004년 1월~2007년 12월, 서울

46°

폐간

———

"《도베》는 이탈리아어로 '어디로'란 뜻이고요. 하이엔드 트래블
매거진입니다. 네? 장판과는 관련이 없고요. 인테리어 잡지도
아닙니다."

2004년 1월부터 2007년 12월까지 회사를 다니면서 제가 가장
많이 한 말입니다. 도베라는 발음 때문에 값싼 인테리어 잡지라
생각하시는 분들이 많았지요. 당시 저는 《도베》란 여행 잡지에
에디터로 막 이직을 한 상태였고, 국내에서는 보기 드물게 스타
일리시하고, 세련된 여행 잡지를 만든다는 자부심이 있었습니
다. '정말 멋진 잡지다'라는 격려를 받을 때면 '물론이지'라고 생
각하면서 절로 미소가 피어났습니다. 그렇게 재미있게 기자 생
활을 했는데 2007년 12월호를 마지막으로 이 잡지는 폐간을 하
게 되었습니다. 아쉽고 안타까웠지요. 이만큼 좋아하고 아끼는

잡지를 또 만날 수 있을까 싶었습니다.

여기 보내드리는 잡지에는 제가 진행한 이집트 특집 기사가 실려 있습니다. 학창 시절부터 꿈에 그리던 곳이라 출장 내내 행복했던 기억이 납니다. 집에 쌓여 있는 《도베》의 과월호를 문득 보게 될 때면 그 시절 가보았던 이탈리아 베네치아, 일본 오타루, 프랑스 프로방스가 아련하게 생각납니다. 참 행복했는데 말이지요. 이 귀한 잡지를 다시 살릴 수 있는 날이 오면 얼마나 좋을까? 만약 그렇게 되면 그때보다 더 즐겁고 재미있게 기사를 만들 수 있을까, 하는 생각도 하게 됩니다.

47°

미발표 원고

———

2014년 여름부터 1870매가량의 소설을 연재했다. 소설에는 한 남자를 사랑하는 세 명의 여자가 등장한다. 1부 정인. 2부 마리. 3부 수영. 이 세 명의 여자 중 그 어떤 사람도 사랑을 이루지는 못한다. 그렇다면 세 여자의 사랑을 받은 한 남자의 사랑은? 그 역시 실패한다. 소설은 응답받지 못한 사랑에 대한 이야기이며, 그들은 상처의 공동체다. 나는 그 소설을 '어둠 속에서 어둠을 보는 법'에 관한 이야기라고 생각했다.

소설은 원래 4부로 된 소설이었다. 하지만 책으로 낼 때는 3부의 주인공이 사라졌다. 그의 이름은 '희완'. 그는 소설의 유일한 남성 화자였다. '유일한'이란 말은 자신의 생각을 일인칭 시점으로 직접 발언하는 존재였다는 뜻이다.

한 권의 책이 완성되기까지 작가가 버리는 원고의 양은 얼마일

— 원고

2014년, 서울

까? 헤밍웨이는 세상의 모든 초고를 쓰레기라고 말했다. 하지만 내가 버린 건 '초고'가 아니었다. 나는 이미 완성된 최종 교정본에서 3부 전체를 들어냈다. 정확히 이번 소설에서 1100매가량의 원고를 버렸고, 그것은 두꺼운 장편 소설 한 권 분량이었다. 예정대로였다면, 두 권이 됐을지도 모를 소설이 반 토막 난 것이다. 주인공 한 명을 몰살시킨 후, 나는 토막살해범이라도 된 기분이었다.

작가가 되어 소설을 쓰다 보면, 자신이 쓴 원고를 모두 버려야 한다는 사실을 깨닫게 되는 무시무시한 순간이 온다. 말할 것도 없이 그것이야말로 작가들이 가장 두려워하는 순간이다. 3부를 삭제하던 날, 나는 실연당한 여자처럼 온종일 거리를 걸었다.

이 소설의 3부는 미국의 포틀랜드에서 썼다. 원고를 쓰기 위해 오전 여덟시면 들르던 비버튼의 한 카페가 떠올랐다. 사라진 3부의 원고를 쓰며 내가 얻은 건 '좌골 신경통'이었다. 그러니까 그 원고는 사라졌지만 내 통증은 고스란히 내 안에 남았다.

최종 원고를 편집자에게 넘기던 날, 나는 울었던가! 울지 않았다. 대신 결심했다. 사라진 이 원고로 한 권의 책을 낼 것이라고.

그 책의 가제는 '희완'이다. 희완은 소설가다. 만약 희완이 살아 있었다면, 2부의 마리는 그의 소설 속 주인공이 되어 죽어버린다. 나는 희완을 죽이고, 마리를 살렸다. 소설적 결단이다. 그의 시간은 실종되듯 사라져 버린 연인 '욜라'(그녀는 입양아다)를 잊지 못해, 과거에 정지해있다. 이제야 고백하자면, 희완이 내 자아였다.

2012년 11월 11일 금요일

1.................오전 10:50 call me. please!

2013년 1월 8일 월요일

1.................오전 4:49분 where a u?

2013년 7월 30일 화요일

1.................오후 11시 58분 yol...

한 번 보낸 메시지는 취소할 수 없다. 되돌릴 수 없다는 점에서 그것은 삶과 닮아 있다. 그러나 SNS의 한계는 기술적 한계가 아니라 의도된 혼란이다. 페이스북에 '싫어요' 기능이 추가된다면 어떨까? 분명 지금과는 전혀 다른 세계가 열릴 것이다. 마찬가지로 SNS 메시지 취소 기능이 생긴다면, 사라진 메시지의 숫자만큼 헤어졌던 연인이 다시 만나게 될 가능성은 줄어든다.

실수는 어떤 면에서 좋은 것이다.

만취의 또 다른 기능은 평소에는 드러낼 수 없는 감정을 실수로 포장해 실행하게 하는 것이다. 이때 매듭은 풀리는 것이 아니라 잘려나간다. 나는 욜라의 실수를 기다렸다. 술에 취한 어느 날, 내가 보낸 메시지를 읽거나, 내게 전화를 할 것이란 기대를 버리지 않았다. 나는 2년째, 바뀌지 않는 그녀의 프로필 사진을 늘 잠들기 직전 확인했다.

기다림이 삶의 조건이 될 때, 많은 것들이 바뀐다. 서울에 있던 나는 암스테르담의 시간을 살았다. 나는 과거에 얽매이고, 미래에서 희망을 찾았다. 기억과 기대는 한순간 나를 죽이고 부활시키기도 했다. '지금 이 순간을 살라'는 말은 합리적이고 타당한 말 같긴 해도, 나 같은 사람에겐 실현 불가능한 말이었다. 그가, 그녀가 누구이든 사랑하는 사람을 잃어버린 사람에게 현재는 지옥이기 때문이다.

다른 도시에서 전혀 다른 시간대를 사는 여자와 사랑에 빠졌다는 건, 매 순간 현재를 잃어버린다는 말과 같다. 그녀의 밤이 나의 낮이 될 때, 현재는 그저 기다리는 시간으로 소용될 뿐이며 빨리 지나가버려야 하는 짐으로 추락한다. 사랑하는 딸을 사고로 잃어버린 사람들, 연인에게 버림받은 남자들, 그들은 과거에 기대지 않고 현재를 어떻게 살아야 하는지 전혀 알 수 없게 된 사람들이다. 두 다리로 걷다가 갑자기 하나의 다리로 걸어야 한다면, 어떻게 하겠는가. 똑바로 걷는 법이 아니라, 한쪽으로 기울어진 채 걷는 법을 다시 배워야 한다.

그때부터 시간은 냄새와 무게, 모서리와 온도를 갖고 고이거나 썩기 시작한다. 시간을 흐르는 강물에 비유했던 옛말은 의미를 잃는다. 낭만적인 남자를 순식간에 한심한 아저씨로 바꿔버리는 게 결혼인 것처럼 시간을 한순간 바꿔버리는 건 사랑하는 사람을 별안간 잃어버리는 것이다

시간은 이제까지 내가 알고 있던 것과 전혀 다른 것이다. 그것은 변덕스런 애인처럼 차갑다가 뜨거워지고, 빨라졌다 느려진다. 블랙홀에 빠진 듯 사라지고, 사람을 순식간에 늙게 한다. 시간을 견딘다는 건 몽롱한 가운데 흘러가는 시간의 처음을 계속

목격해야 한다는 뜻이다. 시간의 처음이 아니라 시간의 끝을 보는 게 유일한 희망인 사람이 죽기 전까진 '끝'이 없는 시간을 끝없이 기다릴 수밖에 없다는 건 대체 무슨 뜻인가. 그러니까 이런 말들은 그서 비유로밖에는 설명할 수 없다.

만약 숨 쉬는 방법을 의식적으로 기억해야 한다면,
인간은 절대 제정신으로 살아갈 수 없을 것이다.

흘러가는 시간을 1초, 1초 인식한다면 사람은 어떻게 변할까. 시간은 그 사람에게 어떤 흔적을 남길까. 시간에 내팽개쳐진 사람들은 무엇을 잃고, 무엇을 얻게 될까. 이런 순간에 내던져진 사람이야말로 비로소 행복의 정의를 새롭게 말할 수 있게 될 것이다. 행복은 평온한 순간의 지속이 아니라, 다만 행운이 멈추기 전 상태일 뿐이다.

사람은 한 번 만나면 헤어진다. 세상의 모든 것들은 예외 없이 변한다. 어쩌면 우리가 헤어진 이유가 중요한 게 아닐 수도 있다. 인간의 죽음이 자명한 것처럼 사람들의 관계 역시 끝나게 마련이니까. 헤어짐은 자연스러운 일이다. 그러나 나는 이제 자연스럽다는 말이 평온이나 부드러움과는 가장 먼 거리의 말임을 잘 안다. 율라와 헤어지고 난 후, 연재하기로 한 소설을 계획대로 썼다. 아침에 일어나는 게 평소보다 힘들지도 않았다. 작업이 끝난 후 사람들과 술을 마실 때도 심각한 얘기는 하지 않았다. 가끔 여자를 만나 술을 마시거나 잠을 자기도 했다. 헤어

진 여자 때문에 눈빛이 깊어진 남자를 여자들은 퇴폐적이라고
생각했다. 여자를 만나는 일은 쉬운 편에 속했다. 그러나 기억
도 나지 않는 어느 날, 창밖에 서서 몰트위스키 한 잔을 마시며
서쪽 하늘의 노을을 본 순간, 불현듯 내 세계의 축이 바뀌었다
는 걸 알았다. 그날, 나는 여러 차례 눈을 비볐다. 하늘은 내 눈
에 분명 30도쯤 기울어져 있었다. 발끝이 땅에 닿아 있지 않은
기분이었다.

"눈이 온 후, 하늘 본 적 있어? 하늘이 붉게 변해."

"뭐?"

"하늘이 충혈된 것처럼 보인다고."

하늘이 붉다는 말을 떠올릴 때 나는 어쩔 수 없이 욜라가 떠올
랐다. 그때, 내가 보고 있던 하늘의 붉은색은 노을이 아니었다.
당연히 오후 세시에 노을을 봤을 리 없었다. 욜라의 말처럼 눈
이 온 직후의 하늘은 이상하리만치 붉었다. 그것이 어떤 현상인
지 알 수 없었다. 그러나 내 눈앞에는 정말 욜라의 하늘이 펼쳐
져 있었다.

나는 보름이라 절대로 보일 리 없는 초승달의 그림자를 붉은 하
늘 위에서 발견했다. 초승달의 그림자는 읽을 수 없는 이국의
지도 위 나침반처럼 하늘 위에 걸려 있었다. 얼어놓은 창문으로
바람이 불었다. 하얀색 물체가 눈 위로 펄럭이듯 날아갔다. 맞
은편, 누군가 걸어놓은 빨래였다. 나는 눈을 감았다. 지난 몇 달
간의 일들이 지금 이 순간 누군가 걸어놓은 흰색 빨래 위에 물
드는 저 붉은 하늘을 보기 위해서라는 걸 깨달았을 때, 한 번도

비행기가 들지게 마인에 위

우도부지 내가 쓴 것 같지 않다. 문장을 평소대로 고

게 수정해야 할 것이다. 비행기를 '에어버스 330'으로,

흘러가는 시간을 1초, 1초 인식한다면
사람은 어떻게 변할까.
시간은 그 사람에게 어떤 흔적을 남길까.
시간에 내팽개쳐진 사람들은 무엇을 잃고,
무엇을 얻게 될까.

경험해보지 못한 종류의 통증이 이마를 뚫고 지나갔다. 그것은 편두통도 현기증도 아니었고, 총알이 이마를 관통해 뚫고 지나간 듯 차갑고 날카로운 금속성의 물질이 머리의 앞과 뒤를 피스톤 운동하며 강하게 압박하는 통증이었다.

원고 12

아무것도 변한 게 없었다.

바뀌지 않는 사진, 읽지 않는 메시지, 받지 않는 전화, 열리지 않는 문. 텅 빈 그녀의 프로필 사진을 보면서 내가 매일 느끼는 건 부재의 매혹이었다. 나는 행복해지고 싶다고 생각하면서 어느새 불행에 중독되어 있었다. 고통은 많은 것들을 다시 정의하게 만들었다. 선택의 의미는 선택하는 것이 아니다. 고통받았던 사람에게 선택은 선택하지 않은 것을 감당해내는 일이다. 행복을 행복이라 말하던 낭만적인 시절은 사라졌다. 그러니 이제부터 나는 불행의 가치나 효용성에 대해 말할 수 있어야 했다. 살기 위해서, 존재하기 위해서, 무엇보다 쓰기 위해서. 나는 나의 불행을 조금 더 예민하게 다룰 수 있어야 했다.

나는 불행한 남자였다. 그러나 불행에 중독된다는 건 조금 다른 의미였다. 불행은 행복과 달리 언제든 버려야 한다는 점에서 안전하다. 불행은 고통스럽지만 그것엔 기이한 매혹이 있다. 불행 속에 있으면, 죽음이 생각보다 삶에 얼마나 가까이 있는지 매

순간 느낄 수 있다. 그것은 행복이 얼마나 짧고 희귀한 '순간'인 지 깨닫게 된다는 뜻이다. 바로 그런 이유 때문에, 불행에 중독 되면 자신을 단 한 순간이라도, 정확히 행복하게 해주었던 사람 에 대한 갈망은 더 커진다. 거식증 환자가 세상의 모든 음식의 맛과 색을 칼로리로 전환시켜버리는 것처럼 불행의 요인이 된 사람의 이미지로 세계가 재편되는 것이다.

내 불행의 최초 질문은 "그녀는 왜 떠났는가!"였다. 그것에 대 한 답은 사실상 율라 이외에 누구도 대답해줄 수 없었다는 점에 서, 한 인간에 대한 방기이며 무책임한 회피였다. 그러나 내가 그녀만 대답할 수 있는 그 질문을 버리지 않는 이상, 그녀를 기 다리는 일은 내 삶을 지배할 것이다. 그렇게 나는 이유도 모른 채 버림받았다는 것에 도취되었고, 버림받은 남자의 역할에 일 정 정도 만족하기까지 했다. 나는 그녀가 내게 남긴 모든 흔적 들을 지워버릴 수가 없었다. 모든 것들이 그녀와 연결되어 있다 는 인식과 저장하고 기억하는 오랜 강박 때문이었다.

그해 12월, 나는 나와 정반대 입장에 놓인 남자가 주인공인 소 설을 발표했다. 제목은 '내가 여자에게 버림받은 기억이 있었던 가!'였다. 그녀를 이해하는 유일한 방법은 내가 율라 자신이 되 어 그녀에 '내해' 쓰는 것뿐이었다.

카세트테이프
30년. 새우

48°

다시 듣고 싶어요

그가 좋아했던 음악 테이프. 헤어진 이후 한 번도 재생해본 적
이 없습니다. 이제는 다시 재생되는 날이 왔으면 좋겠습니다.

커플 티
3개월, 제주

49°

우리들의 처음

————

대학생이 되어 처음 사귄 남자친구와 함께 입었던 커플 티입니다.

계성여고 사진
3년 7개월, 서울

50°

추억도 이사 가야 하나요

———

명동성당 옆에는 고등학교가 하나 있었다. 나는 그 고등학교에
다녔다. 왁자지껄한 명동이지만 학교 정문으로 들어서면 조용
해졌다. 여느 고등학생처럼 수업 듣고, 점심 먹으러 급식실로
달려가고, 쉬는 시간에 친구들과 놀고, 밤늦게 야자하고 집에
돌아가곤 했다. 중학교 시절을 제대로 즐기지 못한 나에게 고등
학생 시절은 더 즐거웠고 더욱더 소중했다. 또한 고등학생 시절
을 보냈던 학교에 대한 애정도 컸다.

1학년이었을 때 우리 학교가 2016년에 다른 곳으로 이전하고,
남녀공학으로 바뀐다고 선생님들께서 말씀하셨다. 그때는 학
교가 이전한다는 것이 크게 다가오지 않았다. 3학년이 되어서
야 수능으로 정신없는 와중에 학교 이전이 조금씩 실감났다. 졸
업 후에는 학교가 옮겨졌기 때문에 학교건물을 보며 학창시절

을 떠올릴 수 없고, 익숙하던 곳이 아닌 낯선 곳에 위치한 학교를 찾아가야 한다는 것을 절실히 느꼈다.

2016년이 된 올해 계성여고는 서울계성고로 이름을 바꾸고 길음에서 새롭게 문을 열었다. 명동성당 옆에는 쓸쓸히 옛 계성여고 건물만이 남아 있다. 이제 나는 명동이 아니라 길음으로 선생님들을 찾아뵈어야 한다. 아직은 서울계성고가 낯설고 계성여고가 그립다.

수업 듣고,

점심 먹으러 급식실로 달려가고,

쉬는 시간에 친구들과 놀고,

밤늦게 야자하고

.

.

.

즐거웠고 소중했다.

51°

수학의 정석

———

중고등학생이라면 가장 큰 고민이 대학 입학이다. 나 또한 과연
내가 좋은 대학을 갈 수 있을지, 한 번에 대학에 합격할 수 있을
지 학창 시절 내내 불안했다. 그리고 나를 가장 불안하게 했던
것은 수학이었다. 아무리 공부해도, 학원에 다녀도 수학 성적이
왔다 갔다 했다. 항상 책상 위에 놓여 있던 『수학의 정석』 책을
보면 끔찍했다.

하지만 올해 나는 내가 원하는 대학에 한 번에 붙었고 더 이상
정석을 풀지 않아도 된다. 학교 선배들의 전동처럼 정석 책을
운동장 참고서 무덤에 버리려고 했다가 뭔가 아쉬워 갖고 있었
다. 하지만 이 기회를 통해 작별 인사를 하려 한다.

52°

나만을 위한 책

———

한참 미술사에서 해체주의가 핫hot 해지려 할 즈음 대학원 수
업도 이에 대한 토론과 논쟁이 뜨거웠다. 아직 이론이 정립되
지 않아 강의에서 쓸 수 있는 서적이 없었다. 그때 내겐 마음을
혼란스럽게 만드는 그가 있었고, 그가 여기저기 자료를 찾아다
니는 날 위해 논문을 찾아 제본을 하여 건네어 주었다. 피곤함
에 물든 눈빛이었지만, 미소 지으며 건네는 그의 따뜻함에 또다
시 마음이 쿵…. 늘 그의 곁엔 여자 후배들이 많아서 내게 보내
는 친절이 그의 습관이겠거니 생각하고 마음을 나잡았지만, 책
으로 인해 마음은 그를 향해 봄꽃이 동시다발적으로 피어나듯
피어났다. 그는 이후에도 한동안 아무 말이 없었고, 서울에 첫
눈이 내리고 겨울이 깊어갈 즈음 〈우동 한 그릇〉이라는 연극 표
를 나에게 건네며 다시 함께 만났다. 연극이 끝날 무렵 연극처

럼 새하얀 함박눈이 내렸고, 함박눈은 따뜻하게 마음을 묶어주었다. 서로에 대한 마음은 애틋했지만 그와 다른 상황과 환경이 마음을 쓰라리게 만들었고, 그러면서도 서로 잊지 못해 가끔 소식을 전했다. 하지만 나는 멀리 타국으로 도망쳤고 그는 나를 기다렸다. 그렇게 떠돌다 다시 돌아왔을 때는 알았다. 너무 늦었음을.

3년의 시간이 흐른 어느 날 그에게서 전화가 왔다. 보고 싶다고. 많이 울었지만, 그의 손을 잡기엔 멀리 떨어진 시간 동안 둘이 아닌 나만을 사랑하는 마음이 너무 커져버렸다.

시간이 흘렀지만 그의 정성이 담긴 책을 버릴 수 없었다. 세상에 뿌려지지 않은 그를 닮은 책. 해체주의가 흩어진 듯 개성을 드러낸 집단인 듯, 그렇지만 분명히 존재하듯 그도 내게 여러 면에서 그런 사람이었다. 그와 닮은 해체주의. 벗어나고 싶어도 지금 그 사회를 살아갈 수밖에 없듯 그에 대한 그림자는 나와 영원히 함께하겠지만 나의 사회적 자아, 페르소나로 인해 나는 또다시 앞을 본다.

세상에 뿌려지지 않은 그를 닮은 책.

해체주의가 흩어진 듯

개성을 드러낸 집단인 듯,

그렇지만 분명히 존재하듯….

최인호 선생님 시나리오 선집 1권 및 3권
5년, 서울

53°

필사

첫 데뷔에 실패하고 다시 화실 문하생으로 들어와 절치부심하
며 필사했던 최인호 선생님 시나리오 선집. 작고 낡은 자취방에
서 원고지에 한 자 한 자 또박또박 써내려갔던 내 젊은 날의 풍
경은 선생님께 많은 부분 빚을 졌다.

몇 년 전 선생께서 돌아가셨을 때 나는 감사함과 존경심을 담아
기도를 드렸다. 실연이라기보다 선생님과의 이별을 담아보고
싶었다.

휴대전화
4년 6개월, 서울

54°

기억의 실체

———

이것은 그대로 실화입니다. 이미지와 소리, 단어들과 이야기가 담긴, 주고받아진 인연의 실체입니다. 나는 이것에 만남의 시간과 기억을 빚졌고 그래서 항상 죄책감에 시달려야 했습니다. 이것은 나의 실화이기 때문입니다. 심지어 나는 이것에 실연마저 기대어 지냈습니다. 그래서 때때로 죄책감에 시달려야 했습니다. 이것은 그대의 실화이기 때문입니다.

이따금 그것들을 어떤 이름으로 안고 자야만 할 때가 있더라도 나는 등에 지고 가야만 했습니다. 이제 그것들은 가슴 앞으로 꺼내어 보려고 합니다. 수많은 그대와 함께 잃어버린 인연에 대해 감사할 수 있게 되기를 기도합니다.

핫초코
1년, 서울

55°

말하지 못한 사랑

———

일터에 좋아하는 남자가 있다. 처음에는 말 한마디 세대로 못

붙었다가, 이제는 어느 정도 친해졌다. 그도 나에게 호감을 느끼는 것 같았고, 곧 연인 사이로 발전할 수 있을 것만 같았다. 점점 대화하는 시간이 많아졌고, 그는 나에게 작은 선물들도 계속 줬기 때문이다. 하지만 더 이상의 발전은 없었다. 아직도 매일매일이 뚝같다. 기증하고자 하는 물건은 그가 나에게 줬던 핫초코이다. 마시지도 못하고 계속 갖고 있었다.

애초에 시작하지 않아서 끝낼 관계가 없지만…. 그래도 나 혼자 일방적으로 이 관계를 끝내려고 한다. 뭔지 정의 내릴 수 없는 이 관계를. 이 핫초코가 전시될 때 쯤이면 나는 새로운 사랑을 찾을 것이다.

곰 인형
1년, 제주

56°

집착

———

곰 인형은 전 남자친구가 저에게 준 선물입니다. 정말 다정하고 221
제가 원하는 것은 뭐든 해주는 남자친구였습니다. 하지만 행복
했던 것은 잠시. 이 남자가 저를 사사건건 간섭하기 시작하면서
사랑의 감정은 점점 집착으로 변해갔고 우리는 헤어지게 되었
습니다. 저는 더 좋은 남자를 만나서 올해 결혼을 약속했고, 이
제 곰 인형도 제 곁을 떠나보낼 때가 된 것 같아요.

57°

마지막 대화

———

하드디스크에는 2008년부터 2010년까지 내가 누군가와 일했던 기록이 담겨 있다. 나는 지금 하고 있는 일의 시작을 그와 함께했다. 그는 야심차고 자신만만했으며 항상 성공에 굶주려 있다고 말했고, 내가 자신이 원하던 최고의 파트너가 될 것이라고 했다. 나는 그에게 많은 일을 배웠고 덕분에 발전할 수 있었다. 우리는 정말 열심히 일했지만, 성공은 자신의 노력만으로 이루어지는 것이 아님을 이내 깨닫게 되었고 그는 이 세계를 떠났다. 그는 새로운 환경에서 새로운 신분으로 새로운 직업과 삶을 시작했지만, 나는 이 직업을 고수했다.

1년에 한두 번씩 나타나던 그는 자신이 여전히 이 세계에서 영향력 있는 사람이기를 원했지만, 주위의 대접이 만족스럽지는 못했다. 그는 결국 새로운 관찰자의 시선으로 이 세계에 둥지를 만들고자 했다. 당시 나는 나름의 노력과 멋진 조력자들을 만나는 행운으로 조금씩 커다란 그림을 그려나가는 중이었다. 이 와중에 그는 자신의 과거를 돋보이게 하기 위해 종종 나를 발판으로 삼고는 했다.

사실 그가 현업을 버리고 떠난 뒤 이미 서로의 위치가 매우 다름에도 불구하고 자신이 항상 나보다 우위에 있어야 한다는 어린아이 같은 생각을 내보일 때마다 나는 '직업에서의 첫 멘토를 향한 무의식적인 존경심' 같은 것으로 분을 삭일 핑계로 삼고서 애써 참아 넘겼다.

하지만 어느 날 인내는 한계에 도달하여 나는 폭발했고 공개적으로 그에게 불쾌감을 드러냈다. 이런 상황에서도 그는 사과 한마디 없이 다른 이를 시켜 내가 얼마나 화가 났는지 저울질했다. 그는 그로부터 한 달쯤 지나 아무 일 없었다는 듯 내게 사업상의 비밀을 공유해줄 수 있는지 물어왔다. 나는 그날 어느 때보다 경쾌하고 밝은 목소리로 그 요청을 거절했다. 알려줄 수 없었고 알려주기도 싫었다. 그리고 그날이 우리가 마지막 대화를 나눈 날이 되었다.

나는 그날 어느 때보다

경쾌하고 밝은 목소리로 그 요청을 거절했다.

알려줄 수 없었고 알려주기도 싫었다.

그리고 그날이 우리가 마지막 대화를 나눈 날이 되었다.

국회의원 배지
12년, 제주

58°

총선 불출마

불출마 선언문 中

저는 2000년 ○○○당 강세지역인 서울 ○○○에 공천을 받아 3선을 하였습니다. 정치생활 12년 동안 당으로부터 과분한 사랑을 받았습니다. 이제 당의 위기상황을 맞아, 저부터 버리겠습니다. 내년 총선승리와 정권 재창출을 위해 총선 불출마를 이 자리에서 선언합니다.

저의 지역구는 참신한 인재에게 양보하고 우리 당이 총선에서 국민들로부터 더 많은 선택을 받을 수 있도록 대선주자들과 발이 부르트도록 전국을 누비겠습니다. 민심의 바닷속에 온몸을 던지겠습니다.

59°

네모는 없다

———

그는 호수를 지나고 있었다.

그 앞에 네모가 떴다.

그는 검은 눈을 굴린다.

네모는 깨끗하다.

그는 호수의 끝을 생각한다.

네모는 없다.

이젠 빗겨가는 세모가 보인다.

그는 계속해서 가고 있다.

하늘은 어둡고 비는 내리지 않는다.

이젠 빗겨가는 세모가 보인다.

그는 계속해서 가고 있다.

— 청바지
평생, 서울

60°

다이어트, 안녕!

———

저는 평생 살과의 전쟁을 해온 것 같습니다. 날씬해야 한다는 가족, 친구 그리고 사회의 압박 때문에 운동, 다이어트 등을 지속하며 살을 빼려고 노력했습니다. 하지만 오래가지 못하고, 결국 폭식을 하게 되거나, 요요가 왔고 힘들었습니다.

이제 모든 여자들의 로망인 앞자리가 '4'인 몸무게는 포기하고자 합니다. 그래도 저는 예전보다 많이 날씬해졌고, 더 이상 스트레스를 받지 않으려고 합니다.

이제는 커져버린 청바지를 기증합니다. 항상 다이어트로 스트레스 받았던 나 자신과 이별하고 다른 것들에 신경을 쓰며 살려고 합니다.

피규어 박스

6년, 서울

61°

새로운 사랑

―――

올해는 꼭 다시 건강해지고 예뻐져서, 새로운 사랑을 만나야겠다.

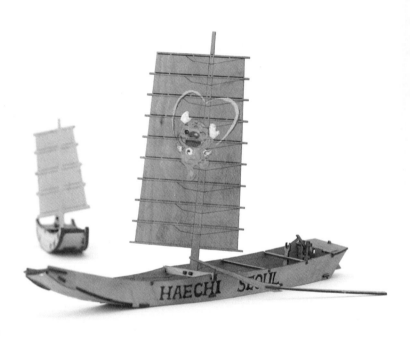

나무로 만든 모형 돛단배
19년, 서울

62°

출항 준비

―――

참 오랜 시간 미술교육 커리큘럼을 짜기 위해 이것저것 작은 소품들을 만들었다. "말라가는 수레바퀴 자국에 고인 물속의 붕어는 침으로 서로의 마음을 적신다."라고 말한 이가 장자였던가. 적어도 학생들의 비늘이 잠깐이나마 빛나는 순간이 있다면 그건 교사의 몸에서 나온 물기 덕분이어야 한다고 생각했던 시간 동안 학생을 가르쳤다.

나와의 타협을 거듭하면서 교수 활동이 더 이상 즐겁지 않다고 느꼈던 때, 우리가 살고 있는 이곳의 역사를 실컷 표현해보고 아이들에게 작별을 고하자고 다짐했다. 그리고 마지막으로 만들었던 한양의 옛 돛단배.

내 삶의 어느 한 방향을 향해 긴 여정을 마치고 돌아왔던 배는, 또다시 뱃머리를 돌려 다른 곳을 향해 출항 준비를 한다.

프레스카드(19개)
2001년~2015년, 서울

63°

프리 패스

———

대학생 때 아르바이트로 시작한 기자라는 직함은 국내외 비엔날레나 아트페어, 혹은 미술관에 마음대로 출입할 수 있게 해주었다. 일종의 '프리 패스'와 같았던 기자증을 걸고 많은 것을 보고, 많은 사람을 만났다. 하지만 너무 많은 것이 늘 좋은 것만은 아니었다. 내가 보고 싶어서, 만나고 싶어서가 아니라 의무적으로 경험하게 된 것들은 그리 소중하게 다가오지 않았다. 지난해 10월 잡지사를 그만두고 나서 한동안 전시장을 잘 찾지 않게 되었다. 실연 이후 얼마간의 시간이 필요하듯이 나 역시 오랜 시간 동안 몸과 마음에 배인 시각적 프레임과 관계, 태도를 스스로 리셋하고 싶었나 보다. 이제 기자증 목걸이 대신 나만의 심미안을 착용하고 전시장에 들어서고자 한다.

앨범
2004년, 제주

64°

13년 전 앨범

———

13년 전에 처음으로 발표한 개인앨범입니다. 이 앨범은 제가 음악을 시작한 스물세 살 때부터 있었던 모든 일상과 기억들을 솔직하게 풀어나간 기록입니다. 때론 논문을 쓰듯 때론 시를 쓰듯 음악을 만들어갔습니다. 여기에 첫사랑의 아픔과 사람들과의 관계, 또 엄마에 대한 사랑을 표현하였습니다.

내 기억들을 비워야 또 다른 기억이 들어오고 사랑도 떠나보내야 새로운 사랑을 맞이할 수 있을 것 같습니다. 이 앨범과 이별함으로써 새로운 창작을 위해 몰두할 수 있을 거린 생각에 저는 이 앨범 〈Lost Soul〉을 기증합니다.

바이올린
10년, 제주

65°

미완성

———

악기를 만드는 학교에 다니며 졸업 작품으로 바이올린을 만들 243
었습니다. 그러나 만드는 도중 나무 재료에서 옹이가 발견되었
습니다. 옹이가 있으면 악기를 만들 수 없어서 다른 재료로 다
시 만들어야 했습니다.

하지만 좋은 악기를 만들기 위해 재료를 다듬으며 들여왔던 노
력과 재료가 아까운 나머지 지금껏 간직해왔습니다. 마침 〈실연
에 관한 박물관〉이라는 전시회가 열린다는 소식을 듣게 되었고
이 전시회에 기증하면 좋을 것 같아 보내드립니다.

졸업 작품으로 바이올린을 만들었습니다.

그러나 만드는 도중

나무 재료에서 옹이가 발견되었습니다….

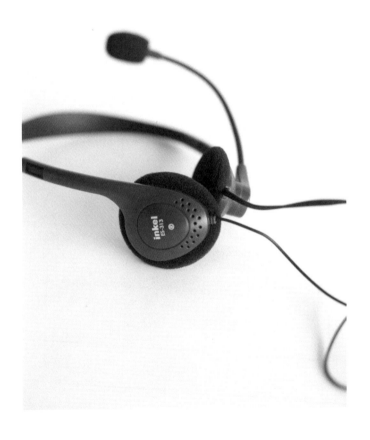

헤드셋
6개월, 서울

66°

장거리 연애의 필수품

———

정확한 연도는 언제인지 모르지만 아마도 2008년? 2009년? 그때만 해도 내 생각에 스마트폰은 아는 사람만 아는 물건이 아니었을까 생각한다. 때문에 페이스타임과 같은 영상통화는 생각할 수도 없었고, 집에 070 인터넷 전화를 막 쓰기 시작했던 때였을 것이다. 아무튼 롱디Long Distance 커플에게 얼굴 보고 통화하는 건 노력을 기울여야 하는 일! 시차 생각해서 시간 계산하고, 서로 시간을 맞추어서 컴퓨터 앞에 앉아 인터넷 접속을 해야 했다.

그럼에도 불구하고 우린 이렇게나마 볼 수 있는 상황에 감사하며 서로 위로했었다(조선 시대랑 비교하면서…). 지금 생각하면 그처럼 불편하고 번거로운 일이 없었지만 그때 그랬다.

요새는 마이크도 따로 없고, 휴대폰 이어폰처럼 작아도 성능이 좋지 않나? 잘은 모르겠지만 내가 사랑해 마지않았던 나의 헤드셋은 콜센터에서 일하는 분들이 쓰는 것처럼 생겼다. 사실 왜 아직까지 갖고 있었는지도 모르겠다. 불과 십 년도 안된 물건이지만 굉장히 오래전에 사용했던 것 같은 느낌이다.

지금 누군가를 좋아한다면 그때처럼 다시 부지런하고 불편함을 감수할 수 있을까? 조금 컸다고 이젠 몸이 불편한 게 싫어진 건지, 애초에 그런 마음은 더 이상 생기지 않는 건지 몰라…. (풀썩)

지금 누군가를 좋아한다면

그때처럼 다시 부지런하고 불편함을 감수할 수 있을까?

물결, 새, 빛 등의 모호한 형태 오브제
5년, 서울

67°

겨울바다가 좋아질 때

———

학창시절, 어디선가 떠돌던 문장이 주변을 맴돌았다. "음악이
좋아질 땐 누군가가 그리운 거래요. 바다가 좋아질 땐 누군가
사랑하는 거래요. 친구가 좋아질 땐 대화의 상대가 필요한 거래
요. 겨울바다가 좋아질 땐 누군가를 잃었을 때래요." 출처도 알
수 없는 글이었지만, "아, 정말 그런 것 같아."라며 격하게 공감
했던 글이었다.

뜻하지 않게 사랑을 잃은 사람은 암 환자가 자신의 병을 받아들
이는 다섯 단계의 심리과정을 똑같이 겪는다. 부정-분노-흥정-
우울-수용. 짝사랑을 하던 대학 시절, 본질적인 자아와 사회적
인 자아 사이에서 다섯 단계의 심리과정을 겪으며, 바다의 물결
을 닮은, 음악의 음률을 닮은, 자유로운 새들의 날개를 닮은, 그
런데 합치면 무엇인지 알 수 없는 오브제로 에스키스를 했다.

그 감정을 모두 닮을 수 있는 내 안의 큰마음의 그릇에 대해 고민했던 그 시절의 나. '사랑'을 하는 것 자체가 목적이었던 풋풋했던 나. 그 시절 다른 누군가와 함께하던 시간에도, 감정의 혼란 속엔 항상 대상이 되어준 그가 이제는 아주 멀리 있는 사람이 되었다. 오랫동안 슬펐다기보다 서러웠다. 사랑받고 싶었다기보다 다정한 손길을 받고 싶었다. 이제 서러운 마음을 떨쳐내고 보니 서러움의 반대는 편안함이었다. 다정해지고 보니, 다정은 사랑과 다른 것이 아니라 사랑 그 자체였다. '사랑'이 목적이 아니라, '성숙한 사랑'을 하고 싶다.

68°

풍경이 말해준 것

─────

누구나 그렇듯 나 역시도 그땐, "왜 사니?"라는 질문을 스스로 던지며 어디로 가고 있는지도 모르는 인생의 갈림길에 서서 주변을 맴돌다가 뜬금없이 친구가 그리워지기에 경기도 이천에서 도자 작업을 하고 있는 친구에게 향했다.

여기저기 자연 가마와 소나무 타는 냄새가 가득한 그 친구의 집은 부모님의 가업을 이어받아 운영하는 가마로, 자연과 어우러진 곳이었다. 친구 곁에 앉아 진흙을 동그랗게 말아 무심히 던지고 있다가 갑작스러운 불호령에 나는 소스라치게 놀랐다. 친구의 아버지는 "소중한 흙을 누가 그리 함부로 다뤄!"라고 호통치셨고, 난 심장이 콩닥거릴 만큼 놀라 머리를 조아리고 있는데, 그분이 한 톤 가라앉은 목소리로 다시 말씀하셨다. "놀랐다면 미안하다. 그런데 흙은 소중히 다뤄야 한다."

도자기로 만든 풍경
10년, 서울

어둠이 찾아오기 직전에 어르신께 인사를 드리고 집을 향하려는데, "또 와라!"라는 말씀과 함께 책 한 권을 건네셨다. 그리고 친구는 "내가 처음 만든 도자 '풍경'이야."라며 웃어 보였다. 씨익.

돌아오자마자, 내가 왜 혼나야 했는지, 책을 펴들고 따지기라도 하듯 읽어 내려갔다. 책은 '도자를 다루는 도공에게 있어서 흙은 돌아가신 분들의 혼이고, 기운이며, 삶의 흔적이었음'을 진하게 전해주었다. 난 너무, 너무나 죄송했다.

조각을 전공한 난 폐기물과 함께 흙을 마구 버렸던 지난 작업 습관을 떠올렸다. 부끄러웠다. 친구의 '풍경'을 작업실 앞문에 달아두었다. 따뜻하게 울리는 도자기 풍경소리.

풍경소리는 기억의 발자국이 울려 퍼지게 하였다. 그렇게 헤매며 찾아다니는 행복은 발견의 문제일 뿐, 성취가 아님. 진정한 여행은 낯선 곳에서 돌아와 내가 살던 집에 다시 짐을 풀면서 시작되며 그 사실을 깨우치려고 여러 번 짐을 꾸렸을지도 모른다. 그렇게 난 자신 없는 방황과 이별을 했다.

공연 모습
34년, 서울

소리

———

저는 판소리꾼입니다. 저는 제가 소리할 때가 가장 '나'다운 때
라고 생각합니다. 지금의 나는 판소리를 통해 만들어졌다고 해
도 과언이 아닐 것입니다. 저와 판소리의 첫 만남은 다섯 살 때
였습니다. 자식은 많고 유치원 보낼 형편은 되지 않아 전라남도
목포 시립국악원의 가야금 선생님을 하시는 아랫집 할아버지를
따라 국악원에 놀러 다니던 것이 시작이었습니다. 가야금 할아
버지 방에서 놀다가 건너 판소리 방에서 들려오는 소리를 듣고
흥얼흥얼 따라 하는데 판소리 선생님께서 지에게 해보라는 것
입니다. 그래서 흥얼흥얼하던 소리를 했더니, "소리는 네가 해
야겠구나!" 하셨습니다.
그렇게 다섯 살부터 판소리를 시작했습니다. 어릴 때는 많은 대
회를 다니며 상도 받고, 그렇게 사람들에게 인정받고 칭찬받는

것을 너무도 좋아했던 것 같습니다. 그렇게 5년여를 배우다 보니 슬슬 싫증도 나고, 지금 제가 그때를 추억해보면 어린아이지만 교만한 아이였던 것 같습니다. 스스로 잘한다 생각했던 거죠. 초등학교 5학년 말쯤. 유독 잔병치레가 잦았던 저에게 큰 병이 있는 걸 알게 되었습니다. '갑상샘기능항진증'. 지금이야 갑상샘이 크고 위중한 병이라고 생각하지 않지만 제가 5학년일 때는 목포에서 치료가 안 되어서 광주에 있는 대학병원으로 치료하러 다녀야 했습니다. 발견 당시 수치가 성인 정상의 4배 높은 수치로 폐나 심장에도 많은 무리가 있다고 했습니다. 그래서 판소리는 절대로 하면 안 된다고 병원에서 진단을 내렸고 그래서 소리와 너무도 당연하게 헤어지게 되었습니다.

싫증이 날 때이기도 해서, 안 해도 된다고 하니 너무 좋을 거라 생각했었는데, 얼마 지나지 않아 소리가 너무너무 하고 싶어졌습니다. 소리를 하지 못하자, 저 자신의 존재가 가치 없는 것처럼 느껴졌습니다. 저는 우울하게 청소년기를 보내야 했습니다. 집에서는 제가 근심덩어리, 골칫거리였고 저 스스로 자책하는 마음으로 몸과 마음이 함께 병들어 있던 시기였습니다. 너무너무 소리가 하고 싶었습니다.

그러기 위해서는 건강을 회복해야 하는 것이 먼저라는 것을 알게 되고 병원에서 시키는 대로 할 수 있는 건 다했습니다. 약물치료와 민간요법까지, 치료 기간 9년 만에 정상수치로 완치 판정을 받고 나서, 주저 없이 소리를 다시 시작했습니다. 무리하면 절대 안 된다는 의사 선생님의 염려도 안중에 없이 다시 시작하고 나서는 밥 달라는 제비 새끼마냥 하루 종일 입을 열고 살았던 것 같습니다. 스물 한 살, 소리를 다시 시작할 때는 이제는 하다 죽어도 판소리는 못 놓는다고 생각했습니다.

지금 제 나이 서른아홉. 다시 시작하고도 18년이 지났습니다. 여전히 저는 지금 소리와 함께 살아가고 있습니다. 나에겐 판소리를 잃었던 그 기억을 편집해서 잘라내버리고 싶을 만큼 힘들고 아픈 시간이었지만 돌이켜 생각해보니 그 시간이 있었기에 지금의 내가 소리를 정말 사랑하고 지치지 않는 열정이 내 안에 자리할 수 있었던 것 같습니다. 아마도 소리와 헤어질 수밖에 없었던 그 기간이 없었다면 지금의 내 모습, 지금의 내 삶이 아닌 전혀 다른 삶을 살아가고 있었겠구나 하고 생각합니다. 여전히 소리는 했겠지만 열정은 없을 것 같고, 그저 직업으로 판소리를 하며 살고 있지 않을까 생각하게 됩니다.

나에게 판소리와의 헤어짐은 내 존재를 부정하고 싶을 만큼 아프고 고통스러웠지만 그 시간을 이겨내고 나니 더 사랑하는 마음과 열정으로 더 긴 시간을 감사함으로 함께할 수 있게 하였습니다.

의자, 모자
빈첸생, 서울

의자, 모자
반평생, 서울

70°

나 ＝ 의자, 모자

———

지나간 시간을 되돌아보면 나에게 가구는 삶의 원동력이자 젊음의 상징과도 같다. 물론 지금도 가구는 나를 표현하는 가장 중요한 사물 중 하나이다. 더불어 기억도 안 나는 언젠가부터 내 머리에는 늘 모자가 씌워져 있었다. 나와 동행하며 머리 위에서 사명을 다한 모자들은 더 이상 어울리지 않고 어색하다. 이 모자들은 이제 또 하나의 젊은 시절의 기억이 된다. 가구 역시 마찬가지이다. 청춘 시절에 소망하고 더없이 내게 잘 어울리던 의자는 이제는 어쩐지 어색하고 낯설다.

—— 다이어리, 여행 / 공연기록장
1년, 서울

71°

다이어리에서 벗어나기

———

7년 전 다른 사람들의 눈을 피해 사내커플로 1년간 교제했습니 263
다. 둘 다 기록하는 걸 좋아하다 보니 커플아이템으로 맞춘 다
이어리와 여행기록장에 차곡차곡 함께한 순간들을 담아 나갔었
는데요. 어쩌다 보니 헤어진 후 괴로워하던 순간들과 극복하기
위한 시간들까지 기록을 하게 되었네요. 시간이 지나고 보니 낯
뜨겁고, 어리고, 치졸해 보이는 내용까지요. 다른 물건들은 다
처분을 했는데, 이 기록들만은 어쩐지 차마 쓰레기통에 집어넣
거나 폐기할 수가 없어서, 이사를 하고, 다른 사람을 만나면서
도 계속 책상 서랍 속 깊은 곳에 묻어두었습니다. 잊을 만하면
다시 꺼내어 복기하며 스스로를 괴롭히길 6년째 이제는 자유로
워졌으면 합니다. 전시 후 이 일기장이 크로아티아로 보내질 때
묵은 마음들도 함께 놓아주고 싶습니다.

잊을 만하면 다시 꺼내어 복기하며

스스로를 괴롭히길 6년째

이제는 자유로워졌으면 합니다.

장난감 자동차
3개월, 서울

72°

왜 몰랐을까

———

장난감 자동차 수집을 취미로 하는 동료로부터 처음으로 받았
던 선물입니다. 나중에서야 그가 소중히 여기던 장난감을 제게
준 것이라는 사실을 알게 되었는데 그 사람은 이미 회사를 그만
둔 상태였습니다.

배트맨 레고
2년, 서울

73°

로빈을 기다리며

———

로빈을 잃어버린 배트맨.

그녀에게 배트맨 열쇠고리를 주면서 "우리는 배트맨과 로빈처럼 영원한 파트너."라고 말했습니다.

하지만 이제 그녀는 떠났고, 더 이상 배트맨과 로빈은 파트너가 될 수 없습니다. 배트맨은 홀로 그 자리에서 꿋꿋이 잘 견디어 낼 것입니다.

또 다른 로빈을 기다리며.

이제 그녀는 떠났고,
더 이상 배트맨과 로빈은
파트너가 될 수 없습니다.

.

.

.

또 다른 로빈을 기다리며.

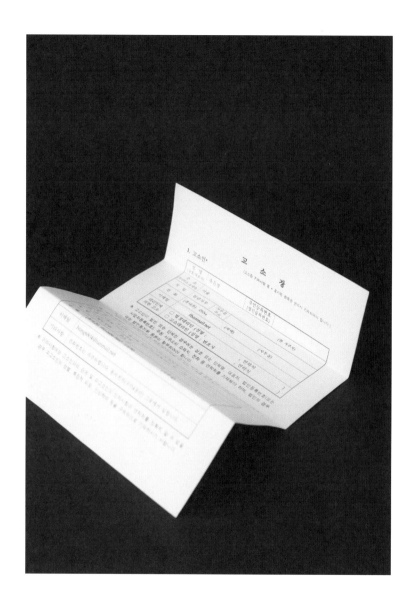

고소장
2년 반, 서울

74°

거짓말

———

○○○씨와 2년 반 동안 연인 사이였습니다. 알고 지낸 지는 15년쯤 됩니다. ○○○씨는 이혼남이었고 애가 세 명 있었습니다. 그냥 돌싱이란 것만 알았고요. 이 사실도 제가 우연히 알게 되었습니다. 1년에 한두 번 아무렇지 않게 전화해왔고 처음 알게 됐던 때에도 결혼 사실을 숨겼기 때문에 모르고 있다가 우연히 제가 먼저 알게 되었죠. 모든 연락을 끊었지만, 또 몇 년 만에 전화번호가 바뀌어서 연락이 왔더군요.

그 후도 가끔 연락 주고받는 사이였다가 몇 년 뒤 내가 결혼 안 하면 결혼하자던 그 약속에 시간이 지나서 우린 다시 만나게 되었고요. 하지만 절 만나기 전부터 그는 만나던 유부녀가 있었습니다. 가정이 있는 여자였죠. 절 만나면서도 그 유부녀를 만나왔고, 그 후로도 애가 하나라고 저를 속였는데 세 명인 걸 알게 되었고요. 그 일로 그 유부녀도 만나고 그녀의 남편도 만나고, 우연히 자기 아들을 만나는 광경과 예전 부인에게 돈을 해주고 그녀와 만나는 것도 알게 되었죠. 그 후로 싸울 일이 더 잦아졌고 상간녀가 다녀간 후로 처음 저를 때리더군요.

한 번이 어렵지 나중엔 기절하고 머리 터지고 칼로 협박하고 방에 가두고 못 나가게 하고, 이런 일이 한두 번이 아니었습니다. '헤어지자' 그 말만 하면, 처음엔 눈물로 빌고 각서 쓰고 하더니 점점 자해를 하더군요. 제 앞에서 보란 듯이 목매달아 죽는다, 창문에서 뛰어내린다, 칼로 손목과 손가락을 자른다 협박했습니다. 집 안 물건을 다 부수고 차도로 뛰쳐나가고, 그러다 한번 손찌검을 하더니 이후로 화를 못 참으면 손찌검이 반복되었습니다. 폭행, 감금, 협박, 자해. 제 목에 칼을 들이밀기도 하고 자신의 손에 칼을 대고 목을 맨다고 하고, 2층에서 뛰어내린다, 6차선 도로에 뛰어든다고 하면서 저를 협박하였습니다.

평소엔 아주 잘합니다. 다정다감하고 이해심도 많고. 하지만 한번 돌변하면 멈추질 않네요. 저랑 연락 안 되고 잠시 헤어지면 돌싱 여자들에게 연락해 만나자 하고, 여기저기 가입해서 활동했습니다. 혼자서는 못 사는 사람이었습니다. 폭행도 단순한 뺨 때리기에 그치는 것이 아니라 뇌진탕이 생길 만큼 머리통이 터지고 온 얼굴에 피멍이 들고, 머리끄덩이를 질질 끌고 다니고 발로 차고 손으로 때리고 주먹으로 때리고 목을 졸랐습니다. 그는 잘못을 빌고 다시 하기를 반복하다가, 그래도 안 되면 우리 가족들에게 없는 말을 지어내서 문자를 보내고 회사까지 찾아왔습니다. 회사에 전화하고 그래도 반응이 없으면 다른 전화를 개통해서 운전자가 죽었다 확인하러 오라는 내용의 문자를 보내고 전화 통화되면 자신이 폐암이라 곧 죽을 거라고 거짓말을 했습니다.

그래서 이제 남은 건 제가 폭행당한 것에 대한 고소장밖에 없네요. 누군가 하나는 죽어야 끝날 듯한 두려움. 고소장을 받고 뉘우칠지 아니면 더 길길이 날뛸지 모르겠지만 목숨을 걸고 감행해 봅니다. 데이트 혹은 가정 폭력을 자꾸 숨기기만 하지 멈추지 않는 사람입니다. 그전 가정생활에서도 가정 폭력 전과가 있는 사람입니다. 인간이 되든지, 인간이길 포기하든지 하겠지요. 이렇게 전 이별을 준비합니다.

—— 사진
2년, 서울

75°

이별 사진

————

연인과의 헤어짐.

목걸이
2년 반, 서울

76°

취향

———

저와 그는 직장 내 상하관계였습니다. 실연의 아픔에 있었던 그
사람과, 그전의 관계에서 학대받았던 저는 서로의 상처를 알게
된 후 자연히 가까워졌죠. 그가 우리 사이를 법적인 관계로 전
환, 결혼하기를 원하였지만 저는 관계의 영속이란 제도가 보장
해주는 것이 아니라고 주장하였습니다. 이후 그는 법적인 관계
로의 제안을 수락한 다른 여인과 결혼을 하였습니다.

한동안 저는 '나는 왜 또 버림을 받았나'라는 질문에 대답하여
야 한다고 생각했습니다. 하지만 실상은, 법적인 관계, 결혼이
라는 제안을 거절한 것이 저였다는 것을 뒤늦게 깨달았어요. 가
정을 이루고 살아가는 그 사람을 축복합니다.

다만 아직도 그때 그 사람이 선물하였던 물건들이 저에게 정말
잘 어울리는 것들이라 그의 애정 어린 시선을 기억할 수 있게 해

주네요. 그중 목걸이를 〈실연에 관한 박물관〉으로 떠나보내고, 이제 제 목에 드리워져 있던 아름다웠던 시간도 떠나보내고 싶습니다.

이제 제 목에 드리워져 있던

아름다웠던 시간도

떠나보내고 싶습니다.

여성용 슬립
3개월, 서울

77°

이게 뭐라고…

————

지난 3년 동안 어떤 사람과의 관계로 인해 우울증 비슷한 것에
시달리다가 새로운 사람을 알게 되었습니다. 그는 '다시 마음을
여는 것이 가능하구나', 앞으로 '나도 즐거운 생활을 할 수 있겠
구나'라고 생각하게 해주었고, 하루하루 그 사람과 가까워지는
것이 좋았습니다. 누군가와 공감할 때 사람의 관계는 깊어질 수
있나 봅니다. 서로 비슷한 점도 많은 것 같았고, 또 말이 잘 통한
다 생각하여 저도 모르게 금방 이 관계에 빠져버리게 되었네요.
함부로 인연을 맺으면 그만큼 피해도 본다고 하는데, 너무 쉽게
인연을 맺어서인지 우스울 정도로 관계가 쉽게 끝나버린 후에
상처도 많이 받고 많이 힘들었습니다. 아직도 조금 힘들고요.
이 옷은 워낙 둘 다 장난을 잘 치는 성격이라 우스갯소리로 한
말에 받았던 선물입니다. 조금이라도 그 사람 생각이 나면 머리

가 아파져서, 절대 꺼내보지 않으려고 옷장 안에 깊숙이 넣어 두었습니다. 쓰레기통에 버릴까 생각도 했는데, 이게 뭐라고 아직 버리지는 못했네요.

알고 지낸 시간도 짧고 둘 사이에 주고받은 것도 많지 않지만 이렇게나마 그 사람과 관련된 기억을 다 지울 수 있으면 좋겠어요.

누군가와 공감할 때

사람의 관계는

깊어질 수 있나 봅니다.

조각 작품
15년, 제주

78°

잃음에서 얻음으로

―――

나는 어린 시절부터 운동 속에서 살았다. 미술을 하고 싶었지만 운동선수에 알맞은 신체조건을 지녔다는 이유로 배구부에 발탁되어 성장기 내내 선수로 뛰었다. 그리고 다시 배구에서 골프로, 20대 후반까지 나는 프로골퍼였다.

그러던 어느 날 나는 폭발했다. 말이 늦은 아이가 어느 날 말문이 트여 술술술 문장을 풀어내듯 그동안 내 머리와 마음과 몸속에 고여 있던 'ART'가 다이너마이트 터지듯이 용솟음치며 내게 왔다. 나는 잠도 자지 않고 먹는 것도 잊고 오로지 내 작업에만 빠져들어 살았다. 내 몸 구석구석에 숨어 있던 예술적 인자(因子)가 나를 이끌었고 나는 그것에 이끌려 오로지 작업에만 몰두했다. 사실 내가 골프를 선택했을 때, 나는 배구선수의 길을 포기한다는 생각은 하지 않았다. 어차피 스포츠였기 때문이다. 물론 배구는 팀플레이이고 골프는 정해진 코스 안에서 이루어지는 혼자만의 플레이이긴 하지만 당장 눈앞에서 승패가 갈리는 것은 마찬가지였다.

그러나 프로골프를 접을 때는 조금 달랐다. 그때까지 지내온 날의 대부분을 살아온 스포츠의 세계, 그리고 프로골프는 내 직업이자 생계수단이자 나의 모든 것이었다. 골프를 떠나는 것, 골프를 버리는 것은 마치 미래를 함께하기로 약속한 연인과의 결별과도 같은 것이었다. 그렇게 나는 스포츠의 세계에서 예술의 세계로, 완벽하게 달라진 인생을 열었다.

하지만 나는 이내 깨달았다. 예술이 단순히 어느 날 갑자기 내게 온 것이 아니라 스포츠의 세계에서 살고 있을 때도 이미 나의 뇌와 심장은 늘 예술을 향해 열려 있었고 그것을 열망해오고 있었다는 것을. 그리고 완벽하게 다른 것 같은 두 세계가 결국은 크게 다르지 않다는 것을. 스포츠가 결국은 자신과의 싸움이듯이 예술도 나와의 싸움이라는 본질은 변할 수 없다. 다만 손에 쥔 도구만 달라졌을 뿐. 이 세상에 완전한 결별(訣別)은 없다. 완전한 실연(失戀)도 없다. 특히 내게는 그렇다. 형태와 형식이 달라지는 것뿐 흐르는 맥락은 같다. 잃음과 버림은 다시 또 다른 얻음과 채움으로 이어지므로.

79°

아버지와 아들

————

나의 아버지는 2009년 3월 25일 돌아가셨다. 나의 아버지 고 289
영일은 1960~1970년대 제주의 일상을 기록한 사진작가이다.
1960년대 이후 1983년 그가 육지로 이사를 하기 전까지 그는
제주에서 틈만 나면 당시 소소한 제주의 일상을 고스란히 필름
으로 남겼다. 그런 아버지를 아들인 내가 잘 알지 못했다. 나는
아버지가 돌아가신 후에도 아버지 방을 정리하지도 못하고 2년
여를 지냈다. 그저 아버지가 남기신 필름카메라와 필름이 있는
것만 봤을 뿐, 그 안에 담겨 있는 진귀한 모습, 40년 전 제주 모
습의 기록이라는 것을 알 리가 없었다.

사진을 시작하게 된 계기는 제주에 있던 아버지의 사진작가 후
배들의 제안이었다. 아버지가 돌아가신 후 2년이 지난 2011년
어느 날, 제주에서 그를 기억하는 그의 후배들이 유족에게 추

사진
1958년~2009년, 제주

모 사진전을 제안하였고, 그 전시를 준비하기 위해 나는 2년 만에 아버지의 사진작업실을 열고 들어갔다. 아버지가 돌아가신 후 미처 정리하지 못하고 그대로 2년이 흐른 아버지의 방(작업실), 필름카메라 몇 대와 필름으로 가득한 그 방에서 아버지의 사진을 통해서 새로운 아버지의 모습을 만났다! 나는 아버지의 사진을 보면서 뭔지 모를 전율을 느꼈고, 정리하면서 또다시 2년간 결별했던 아버지와 사진으로 대화를 나누게 되었다. 그가 남기고 간 사진들에 40년 전 천진난만하게 노는 아이들, 밭일하는 노부부를 비롯하여 1960~1970년대 제주 사람들과 풍광이 담겨 있었다. 그가 닿을 수 있는 제주의 구석구석을 기록한 필름이 어떤 의미인지를 그제야 생각하게 되었다.

2011년 3월에 〈고영일 추모사진전: 1960~1970년대 제주의 속살〉이라는 제목으로 제주도 돌문화공원에서 1960~1970년대 제주의 일상을 기록한 아버지의 사진을 전시하게 되었다. 동시에 두 권의 사진평론집과 추모사진집을 발간하였다. 그러나 더 중요한 것은, 이 추모사진전에서 아들인 나는 새로운 사진 작업 과제를 선언한 것이다! 이름하여 〈고영일 사진 따라 하기〉. 아버지의 1960~1970년대의 제주 일상의 기록을 따라, 40여 년 후 그의 아들이 기록을 다시 재현한다. 정말 생각만 해도 신나는 일이었다.

나는 〈고영일 사진 따라 하기〉라는 사신 삭업 과제를 정하고 2011년부터 작업을 시작하였다. 그 후 더 본격적으로 작업하기 위해 2014년에는 제주로 거처를 옮기고 작업하였다. 드디어

2013년 2월 첫 작품을 전시하게 된다. 사진집단 '꿈꽃팩토리'의 일원으로 두 점의 사진을 내건 것이다. 이후 2015년 9월 〈부전자전, 父傳子展〉이라는 제목으로 초청기획사진전을 하였다. 1960~1970년대의 제주 일상을 기록한 사진가 고영일의 제주 사진과 그의 아들이 40여 년 후 시차를 두고 같은 곳을 찾아 찍은 제주 사진을 나란히 전시하였다. 40여 년의 세월을 마주하는 제주의 사진은 고영일의 1960~1970년대 사진에 대한 오마주이기도 하다. 그의 사진이 과거의 기록으로만 남아 있는 것이 아니라 그 순간의 느낌을 그대로 간직하여 우리 모두에게 친근하고 생생한 사진으로, 살아 숨 쉬는 의미를 부여하고자 하는 의도가 들어 있다.

아버지의 사진을 아들이 따라 하는 동안 우리의 관계도 변했고 세월도 변했고 환경도 변했다. 나의 아버지 고영일과 나는 묻는다. "이디가 이추룩 변헌 거 보염수과?"(여기가 이렇게 변한 것이 보이십니까?)

80°

무지개 한 조각

————

Rainbow Chaser. 한평생 무지개를 좇다가, 가족의 사랑과 행복
을 놓쳐버린 어리석은 소년.

'무지개', 도대체 그게 뭐라고 그 먼 길을 달렸던지…. 곧! 손에
잡힐 듯, 잡힐 듯, 잡힐 듯하여 가족을 떠나 이 행성을 몇 바퀴를
돌았어요. 어머니, 형제, 자매를 뒤로하고 고향을 떠난 소년의
여정은 결코 녹록지 않았답니다.

중상을 입어 목숨을 잃을 뻔했고, 테러도 당했으며, 욕심쟁이들
의 이기심으로 혹독한 고초도 겪었고, 눈물을 흘렸던 날들이 하
루 이틀이 아니었습니다. 소년의 여정에는 사랑하는 아내와 아
이들이 생겼어요.

그럼에도 불구하고 무지개는 멈추질 않고 소년을 불러댔답니
다. 소년은 무지개를 잡으려고 또다시 사랑하는 아내와 아이들

— 트로피
20년. 제주

을 뒤로한 채 길을 떠났습니다. 무지개가 물길 건너 일본에 있
다는 소문을 들은 소년은 서둘러 배를 탔습니다. 아! 근데 이 녀
석이 조금 밀려나 옆으로, 옆으로, 자꾸만 옮겨 다닙니다. 그래
도 따라갔더니, 폴짝! 이번엔 옆 나라로, 옆 나라로, 달아나고,
달아나고⋯. 잘도 도망쳤습니다. 하아, 그렇게 수년을 허비하다
이젠 지쳐서 집으로 돌아갈까 했더니, 누가 말합니다. "무지개
가 캐나다에서 널 기다리고 있던걸?", "그래? 정말이야?"
눈이 휘둥그레진 소년은 미소를 지으면서 두근거리는 마음을
안고 이번엔 태평양을 건넜습니다. 그러나 무지개는 온데간데
없고, 엄청난 폭풍우가 소년을 기다리고 있었습니다. 거기서 만
나 함께 무지개를 찾던 길동무는 온몸이 불에 새카맣게 타는 사
고까지 당하고 말았습니다.

추위에 떨고 있던 소년에게 무지개 그림자를 이번엔 유럽에서
보았다고 폭풍우가 말합니다. 이제 선택의 여지가 없어진 소년
은 대서양을 건너 또다시 유럽 이 나라, 저 나라를 떠돌았습니
다. 그러나 그것은 바람이 전하는 말이었을 뿐, 그곳에 소년을
기다리는 무지개는 없었습니다. 소년은 완전히 포기하려 했습
니다. 그런데 바로 그때서야, 무지개가 아프리카에서 소년을 보
고 웃고 있었습니다. 드디어! 아프리카에서 이번엔 정말로 무지
개를 만났고 무지개는 절대 달아나질 않았습니다. 아! 반갑다
무지개야! 소년은 너무나 행복했습니다. 그러나 그것도 잠시,
알고 보니 그 녀석은 무지개를 가장한 신기루였습니다. 힘이 빠
진 소년은 이제 무지개 따라잡기를 완전히 포기하고 집으로 돌

아왔지만 소년의 어머니는 기다림에 지쳐 이미 세상을 떠났고, 형제는 뿔뿔이 흩어졌으며, 아내와 아이들은 멀어져버렸습니다. 지친 여정의 끝에서 어느새 머리가 희끗해진 소년은 이제서야 어렴풋이 깨닫습니다. 무지개는 언제나 내 곁에, 내 마음속에 있었다는 것을. 지금도 꺼내볼 수 있다는 것을.

저는 구한말 소설가 김동인 님의 단편소설 「무지개」를 실제의 삶으로 체험한 매우 어리석은 사람입니다. 어쩌면 당신처럼. 지난 30년간 열다섯 나라에서 열기구 비행을 하였습니다. 세계 최고의 비행사가 되어보겠다고 떠난 길이었지만, 그것을 위해 지불해야 할 소중한 것들이 너무 많았던 시간들이었습니다. 트로피는 2006년 헝가리에서 열린, 국제열기구경기에서 동양인 최초로 참가하여 3위에 입상했던 '제 인생 무지개 중 한 조각'입니다. 이 한 조각을 얻으려 지불된 게 너무 많아, 자랑이랍시고 우뚝하게 세워 놓을 수가 없습니다.

지친 여정의 끝에서 어느새 머리가 희끗해진 소년은
이제서야 어렴풋이 깨닫습니다.
무지개는 언제나 내 곁에, 내 마음속에 있었다는 것을.
지금도 꺼내볼 수 있다는 것을.

유화
밝히고 싶지 않음, 서울

그의 푸른 꽃

그는 매화를 좋아했다. 봄이면 매화빛을 즐겼다. 백매(白梅)와 홍매(紅梅)도 아꼈지만 푸르스름한 청매(靑梅)를 특히 귀하게 여겼다. 백매는 깨끗하나 지나치게 희고, 홍매는 아름답지만 교태가 넘쳐나는데 청매는 달콤하면서도 기품을 잃지 않는 꽃이라는 것이다.

한때 나는 그의 푸른 매화였다. 그는 나를 그렇게 불렀다. 그리고 어느 날, 나는 그로부터 푸른 매화 한 가지가 하늘을 향해 솟은 그림 한 점을 선물 받았다. 서미라라는 화가가 그린 그림이라고 했다. 그 그림을 내게 주면서 그는 "청매에게 청매를 준다." 따위의 말을 속삭였던 것 같다. 헤어지고 나서도 버리지 못했다. 그림을 돌려주려 했으나 그는 받지 않았다.

"버려라."는 말이 돌아왔지만 버릴 수가 없었다. 그건 그림인

동시에 나렸고, 또 한편으로 추억이어서 그림이 소각장에서 타 들어가는 모습을 생각하면 가슴이 미어질 것 같았다. 그림은 창고 속에서 한참을 있었다.

나는 사실 그림을 버리고 싶었다. 그에 관한 모든 기억을 지우고 다시 시작하고 싶었다. 그러나 가슴 아파서 차마 버리지 못한 채 세월은 한 해 두 해 흘러가기 시작했다.

〈실연에 관한 박물관〉에 대한 이야기를 듣고 가장 먼저 그 그림을 생각했다. 크로아티아 낯선 박물관 벽에 푸른 매화 한 가지가 필 때, 이제는 그를 홀가분하게 잊을 수 있으리라.

82°

동상이몽

———

"함께 떠나자. 요트를 타고 함께 유빙을 보는 거야." 세바스치 303
앙 살가두가 찍은 거대한 유빙 사진 앞에서 그는 속삭였다. 고
개를 끄덕이며 그의 커다란 손을 꼭 잡았지만, 우리는 알고 있
었다. 그럴 수 없다는 것을. 우리에겐 떠날 수 없는 이유가 너무
나도 많았다. 그래도 함께 꿈을 꾸고 싶었고, 언제인지 알 수 없
는 그 날이 오리라 믿고 싶었다. 지쳐가는 서로를 위해 특별한
선물을 준비했다.

어렵게 찾아낸 제법 정교한 요트 목제 미니어처. '우린 함께 떠
날 수 있어'라는 믿음과 사랑을 담은 그를 위한 서프라이즈 선
물. 하지만 내가 우리의 꿈을 주문한 날, 그는 '우리'가 아닌 다
른 꿈을 꾸고 있었다.

"우린 여기까지야. 사랑하고 싶은 여자가 생겼어." 6년간 간직

요트 목제 미니어처
2009년 9월 1일~2015년 11월 16일, 서울

했던 꿈이 사라지는 데에는 몇 분이 걸리지 않았다. 요트가 배송된 날 한참을 울었다. 슬픔만 가득했던 사랑을 버리고, 희망을 찾아 떠난 그는 행복할까. 난 아마도 지금처럼 앞으로도 그를 사랑할 테지만, 그리움만큼 미움도 함께 커져서 이 사랑을 온전히 간직하려면 떠나보내야 할 것 같다.

주인 잃은 요트에 우리가 함께했던 꿈과 사랑과 약속을 담아.

안녕히.

난 아마도 지금처럼

앞으로도 그를 사랑할 테지만,

그리움만큼 미움도 함께 커져서

이 사랑을 온전히 간직하려면

떠나보내야 할 것 같다.

1 반지
_____

8 기저귀 / 여 40세
쉬엄쉬엄 살아보려
노력 중입니다.

2 책 / 여 28세
사랑이 주는 행복과 아픔에
살고 싶은 사람입니다.

9 칼 / 남탕 다니는 38세
학생이입니다.

3 반찬통 / 남 27세
그 무엇과도 바꿀 수 없는
추억을 선물 받은 사람입니다.

10 고무장갑 / 여 40대
자유로운 가정주부

4 램프 / 여 30세
당신을 기다리는 Sofi

11 셔츠 / 여 39세
만날수록 기분 좋아지는 사람

5 코란도 자동차 / 여 42세
하늘에 있는 남편, 이 땅에 있는
남편, 두 남편을 사랑하는 세 아
이 엄마

12 블랙베리 / 남 41세
남성잡지 기자입니다.

6 베개 커버
_____

13 오래된 필통
스머프 반바지, 하얗고 작지만
알찬 크리에이터, 주로 선물을
매만지며 시간을 보낸다.

7 패딩 조끼 / 여 35세
이 아름다운 세상을 아빠에게
선물 받은 아이, Grace

14 향초 두 개
오감으로 기억하는 여자

15 스피커 / 남 74세
인간 실존의 고통과 고뇌,
어둠을 주제로 표현하는 서귀포
태생의 화가다.

16 수저 한 벌 / 55세
한국 기업인

17 민트티 티백 / 여 30대
내일 할 일은 내일하겠다는
신념을 가지고 살고 있습니다.

18 팬티, 혹은 팬티 상자
알콜성치매로 나빴는 기억이 안
나지만 햇빛에 잘 말린 이불 냄
새와 하이테크펜 끝까지 쓰는
일, 쾌변이 좋습니다.

19 로모카메라 / 33세
지나고 나서 알게 된 Anne

20 찐빵
제주 할머니들 이야기를
잘 들어주는
50대 여자 사람입니다.

**21 외할아버지의 메모 /
여 37세**
어디로든 훌쩍 떠나고 싶은 여자

22 휴대전화 / 여 41세
3년 전 서울 한복판에서
제주산골짜기로 날아와
지금껏 살고 있습니다.

23 지구본 / 여 29세
드라마를 좋아하는 사람

24 버스티켓 / 여 26세
미술을 공부하는 여자

25 사장 두 장 / 남 48세
제주에서 나고 자란
토박이입니다.

26 파란 대문 / 여 37세
사람과 공간을 사랑하는
공간 디자이너입니다.

27 손으로 만든 팔찌 / 남 41세
세상 일을 기록해 먹고 살 지만
정작 자신의 기억과 싸우면
서는 사람입니다.

28 가구 미니어처 / 여 29세
미니어처 만드는 게 취미

기 증 자
프 로 필

---

29 수저 두 별 / 어 38세
대충, 적당히,
마음에 없는 말 못하는 사람

36 성경 / 어 39세
결혼하고 싶은 여자

**30 직접 그린 작은 그림 /
어 32세**

**37 러닝에 특화된 양말, 러닝에
사용하는 암밴드와 반바지**
기품 보너스를 좋아하는
삼십 대 여자

**31 DSLR 카메라(올림푸스 E-1) /
남 45세**
한국에서 글과 사진으로
밥벌이 하는 사람입니다.

38 책 / 어 40세
읽고 보면 어린 여자입니다.

32 사진 / 남 39세
제주 독거생활 9년차입니다.

33 작은 장식품 / 어 45세
엄마와 같은 엄마가 되고 싶어 엄
마를 그리워하는 딸

39 편지

본인은 이론인을 꿈꾸는 학생이
시만 관찰자보다는 시전 한가운
데에 있는 것을 즐긴다.
취미로 글을 쓴다. 지인들의 말
을 빌리자면 상상을 뛰어넘는 재
미있는 나석. 만나보기 전까지는
내가 어떤 사람인지 모른다.

34 양말, 사진 / 어 22세
예측 불가능한 사람

**40 인형/향수/팔찌/수면등/
상자 / 어 24세**
남친과 헤어진 후
샤이니 덕후로 전향

35 문신 사진 / 어 29세
글씨는 트라이벌레터링입니다.

41 물이 담긴 소주
30대를 앓고 있는 여자.
금주 154일 째

42 유리병에 든 사탕 / 여 26세
사탕보다 초콜릿을 좋아한다.
치킨을 더 좋아한다.

49 커플 티 / 여 22세
남자 없이 잘 살아.

**43 다 마신 와인병과 종이컵 /
여 28세**
잠 넘침이 넘치는 사람입니다.

50 계성여고 사진 / 여 21세
믿음직 쉬운 사람

**44 전 남자친구가 준 후드 티 /
여 23세**
핑크 모스키토에 붉을 뜨다.

51 수학의 정석 / 여 20대
새내기 대학생

45 때밀이 인형 / 여 26세
토토로를 닮았다.

**52 현대미술과 해체주의에
관한 제본책 / 여 41세**
고흐의 열정을 응원하는 미술가

46 잡지《도베DOVE》/ 남 41세
잡지의 에디터입니다.

**53 최인호 선생님 시나리오 선
집 1권 및 3권 / 남 48세**
만화로 할 수 있는 모든 걸 시도
하려는 사람입니다.

47 원고 / 여 42세
여기저기 떠돌며 사람들의
심정과 눈빛을 수집합니다.

54 휴대전화
매일 이별하며 살고 있는 사람

48 카세트테이프 / 여 55세
아직 마음은 소녀

55 핫초코 / 여 29세
사내 연애를 꿈꿨건만
실패하다.

56 곰 인형 / 여 30세
사랑꾼

63 프레스카드(19개)/여 30대
편집장 이후 아직 다음 직함을
정하지 못하고 있습니다.

**57 하드디스크 드라이브 /
남 35세**
자주 밤을 새는 자영업자입니다.

64 앨범 / 남 45세
소년 시절 음악에 정혼한
이언이 이빠입니다.

58 국회의원 배지
더 큰 제주, 새로운 대한민국의
비전을 만들어가는 정치행정가

65 바이올린 / 남 35세
한때 현악기에 미쳐있었던
청년이었습니다.

59 편지방 / 남 31세
앞다기로 모를 일이다.

66 헤드셋 / 여 29세
사랑보다 잠이 절실히 고픈 여자

60 청바지 / 여 20대
아직도 믿는 것이 낙이다.

**67 물결, 새, 빛 등의 모호한
형태 오브제 / 여 41세**
문어마녀 우르술라를 위하여
건배

61 피규어 박스 / 여 28세
아직 철들지 못했나 보다.

**68 도자기로 만든 풍경 /
여 41세**
우유빛깔 클뤼네오퍼트라를
염원하는이

**62 나무로 만든 모형 돛단배 /
여 41세**
왕꽃 귀신이 언애사

69 공연 모습 / 여 39세
하나님의 소리꾼입니다.

70 의자, 모자 / 60대 남자
젊음을 사모하고 가구를
수집하는 디자인 애호가입니다.

77 여성용 슬립
이제는 행복해지고 싶은
31세 여자

71 다이어리, 여행/공연기록장
/ 여 34세
사랑은 잃었지만 더 나은
자기 자신을 얻은 사람입니다.

78 조각 작품 / 여 40대
유치하고 호기심 많은 사람

72 장난감 자동차 / 여 32세
직장인

79 사진 / 남 59세
제주 동쪽 중산간 오름
사진찍기 중

73 배트맨 레고 / 남 32세
현실 속에서 낭만을 찾는 사람

80 트로피
귀농하여 새로운 사업을
준비 중인 사람

74 고소장 / 여 39세
세상에서 가장 힘든 일은
평범하게 사는 일인 듯합니다.

81 유화 / 여 36세
혼자 삽니다.
하늘과 바람과 별과 시를
사랑합니다.

75 사진 / 남 37세
외계어 쓰던 ray

82 요트 목제 미니어처 /
여 40세
모든 것을 잃어도 당신만은
기억할 이자입니다.

76 목걸이 / 여 37세
외로워도 괜찮아지려고
노력하고 있습니다.

실 연 에 관 한 박 물 관

MoBR & ARARIO MUSEUM